KIMAMA NI TOKYO SURVIVE
PRESENTED BY MAXIMA SUZUKI
ILLUSTRATION BY IWAMOTO EIRI

# 「プロローグ」

んん——、と唸《うな》りながら前のめりでモニターを覗《のぞ》き込む。

手元のコントローラーをかちゃかちゃ弄《いじ》っている通り、今は楽しいゲームの真っ最中だ。といっても銃でドンパチするシビアなやつだから俺の目つきもだんだんと悪者みたいに険しくなっており、本当に楽しめているのかは自分でも謎だ。

「あっ、こらこら馬鹿馬鹿！　なんでだよ、ついさっきまで近くに仲間がいたじゃん！　なんで俺だけぽつんと一人で……ちょっ、こっ、あっ、あ——っ！」

どどん、と周囲が爆発をして「A」という適当な名前をつけた俺のキャラクターは死んだ。戦果画面には下から2番目という堂々たる成績が表示されており、ビリの奴は回線落ちだか何だかで勝手にいなくなった奴だ。

俺は「ああー、もうヤダー」なんて喚《わめ》きながら、椅子からベッドに転げ落ちてゆく。

もうほんっと駄目。マウスで照準つけるのほんっと難しい。いくらやっても上達しないのに、なんか面白そうな感じがするからついつい買っちゃうんだよ。戦闘画面が派手だし、他の人のプレイ動画を見ても視聴者と一緒に盛り上がってるみたいだったからさ。

だけど実際に遊んでみたら俺が派手に死ぬだけのシーンばっかりで、思っていたのと全然違う感じになっている。もっとこうバンバン敵を倒して遊ぶゲームじゃないのかよ。気がついたら俺だけバンバン死んでるじゃん。

思わず涙目になるほど悲しいのは、これに少なくない金を払ってるってことだ。

「ったく、最後まで粘着する『ＵＲＹ』とかいう奴までいたし最悪だよ。あいつ絶対にリアルでも性格が悪いぞ。いーや、もうやんない。飽きたし」

などと文句を言いながらムクリと身体を起こす。気がついたらもう夕方で、窓の向こうは暗くなりかけていた。

得るものは何もなく、失ったものはゲーム代と貴重な日曜日という時間だ。こんなことに費やしてしまった罪悪感のようなものが胸の奥に溜まる。おまけに腹も減った。

あーあ、ひどい週末だよ。なんてブツブツ不平や不満を漏らしながら、適当な晩飯を作り始めることにした。

ぽち、ぽち、と適当にテレビのリモコンを押してゆく。

そして宇宙に関するテレビ番組が流れていてリモコンを操作する手を止めた。

いや、これも大して面白い番組だったわけじゃない。物理学のお偉いさんが意味の分からないことを自信満々に言っていて、なんだそりゃと苦笑混じりに思っただけなんだ。

なんでも彼が言うには、この広い宇宙にはたくさんの不思議な出来事があり、水ではなくガラスの雨が降る惑星があったり、数千年ものあいだ消えることのない嵐があったり、果てはダイヤモンドの塊となった星もあったりするらしい。

ほんとかどうかは分からない。嘘だとバレるのは何百年も後かもしれないし、言った奴は出て来いと宇宙船に乗った船員が怒るかもしれない。

気が向いたから番組はそのままにし、一人暮らしなので俺の好きなものだけが入った冷蔵庫を開けて、ビール、それからウィンナーを軽く焼いたものを手にして戻る。こんな手抜き料理の代わりじゃないけど、番組からの聞きかじりを自分なりに料理してみることにした。もちろんそれを伝える相手なんていないし、寝たらきっと忘れちゃう。超眉唾のアホでバカな考えだ。

うん、そうだな――。

たぶんだけど、見果てぬ世界に夢を描くのは、もうずっとずっと前から、それこそ人類が生まれたときから続いていると思う。大海原の先にあるものや鬱蒼《うっそう》と茂るジャングル、太陽の光さえ届かない海底、そして今度は決して辿《たど》り着くはずが無かった宇宙だ。人間ってのはそうやって未開の地に飛び込むという強い本能があったんじゃないかな。

そしてお日様を中心とした太陽系には46億年というクッソ長い歴史がある。

さっき見た変な惑星シリーズもそうだけど、一貫して言えるのは「安定している」ってことだろうな。そんだけグルグル回ってたら、何だって安定するに決まってる。ただの牛乳だってバターになっちまうさ。

そうして星同士でぶつかるような機会まで皆無になると、今度は恐ろしいくらい静寂そのものといえる「完成」が待っている。

宝石のように息を呑《の》むほどの美しさを持つ惑星が誕生して、珍しいですね、綺麗ですね、お疲れ様でした、というちょっぴり悲しいエンディングを迎えてしまう。砂場で作ったぴかぴかの泥団子と一緒だ。あれがどうなったのかなんて誰も覚えていない。

安定しきった世界を太陽系は迎えて、やがて飽きたころに太陽が爆発してジ・エンド。ああ、これも泥団子の最後とあんまり変わらないや。

かたんとビール缶をテーブルに置く。

頭がぽやぽやしていて気持ちが良い。

室内着の肩紐《ひも》を指でずらしてたるませると、胸の重さもあまり気にならなくなる。そのまま過ごしやすい短パンであぐらをかいて、ふぃーと女らしからぬ酒くさい息を吐いた。

えーと、何を考えていたかな。そうそう、完成したあとの宇宙の話だ。

そして思うのは、完成し尽くした惑星から見たら、地球というのはすごく羨ましいんじゃないかってことだ。気象も地殻もまだまだ安定しておらず、うじゃうじゃいる生物がどうなるかなんて誰にも分からない。いまだに発展をし続けている様子を見たら「俺もそういうのやりたいなー」と他の惑星も思うかもしれないぞ。

などとまるで結論にも至っていないのに俺は勝手に満足をし、窓の向こうの満月を眺めて

「うん」と頷《うなず》いた。

このときは知らなかったんだ。

不安定なこの星に、もうひとつの不安定な材料が加わったことを。

それはまだ地球に存在していない不可思議な力を持った固有体であり、都市圏において世界で最も人口が多い、北緯35度、東経139度の東京都に狙いを定めていた。

そして明日を境に「後藤《ごとう》　静華《しずか》」という一人暮らしのサラリーウーマン――と呼ぶのはもう死語になったのか――の、彼氏なんていないし興味もないような女の生き方を大きく様変わりさせる。

そう、これまでの常識なんてものが全て吹き飛ぶほどに。

# 第一話　目覚め

　ぽーんと音が鳴って、エレベーターの扉が開いた。

　いつも通りの廊下が待っていて、若干気を滅入らせながらもグイと鞄《かばん》を肩にかけなおす。それから同僚らと「おーす」などと挨拶《あいさつ》を交わしてフロアの扉を開いた。

　いくら宇宙のことを真面目に考えたって、太陽が昇って朝がやって来れば会社や学校に行かなければいけない。楽しい日曜日はあっけなく終わり、腹の立つ月曜日がやって来るというコンボは、幼稚園から定年退職を迎えるまでずっと続くのだから悲しくなる。人類は冒険心に満ちているはずなのに、なぜこんなにも愚かな仕組みを生み出したのだろう。

　などと思いながらガシャコーッとタイムカードを押した。

　おいおい、もう21世紀をとっくに突破してんだぞ？　デジタル化の波も来たし、元号だって変わった。なのにいまだに紙に印字するとかさあ、この会社は一体どこの化石なんだよ。

　などと不満を募らせながら、ぴんぴんと跳ね気味な髪を撫《な》でる。化粧っ気もないしズボンだし、女らしさのかけらもない。給料が増えないんだからそんなのに金をかける余裕も無いって。

　現代社会へのやるせなさを感じながら上着を脱いでいると、ちょうど目があう人物がいた。

「後藤君。おはよう、ちょっと来てくれる？」

むすっとした俺にそう挨拶をしてきたのは人事部長のオッサンだった。白髪交じりで俺と同じくらい不機嫌そうな顔をしている。はあいと返事をしたものの、なんだか面倒臭そうなイベントが待っている気がしてならない。

あーあ、やっぱりなー。

呼び出された先の会議室には暗い雰囲気が漂っていて、面倒臭そうに座る部長、副部長、そして先ほどの不機嫌そうな人事部長と、計3名の方々からお出迎えをされるという ね……月曜日の朝って本当に清々しいなーと脱力しながら思う。

「なんすか、こんな朝っぱらから」

「後藤、それと雨竜《うりゅう》。以前から何度も伝えているが、うちの会社には遅くとも始業30分前には出社をするという伝統がある。始業と同時に全力スタートできるように準備をしておくのが、社会人として当然のことだといつになったら理解できるのかね」

そう机をペシペシ叩きながら人事部長に言われて、すごくすごく俺はげんなりした。

マジすかー、伝統ですかー、と耳をかっぽじりながら答え……って、俺の他にもう一人いたの!? などと慌てて机の端を見ると、そこには背が小さくて黒髪を背中まで伸ばした女性がちょこんと座っていた。

ちらりとこちらを見てきたのは雨竜という大学卒業したての女で、入社をしてまだ日も浅い。

なので教育係として色々と教えている真っ最中なのだが、どうして俺みたいな適当な奴に任せているのかはいまだに理解できない。前任者が教育を放り投げたとは聞いてるんだけど、その理由も聞かされていないんだよね。

「返事はどうした、後藤？」

「え？　ああ、意味があるならもちろんしますけど、うちの部署以外の連中って本当に全力でスタートしているんですか？　文句ばっかり言って仕事を受け取らないし、定時まで真面目そうな態度で時間を潰しているようにしか見えないんですが」

「仕事の良し悪しではなくて、他の者への示しの問題だよ。雨竜君は新人だから、そういうことをちゃんと理解できるよね？」

なんで新入社員だと理解できるのかはまったく分からん。会社なんだから仕事の良し悪しを優先したほうが良いんじゃないっすかね。などという不機嫌さを表すように俺の目つきと姿勢は、だんだん悪くなってゆく。

一方の雨竜はというと新人らしく姿勢正しく頷いてから、はきはきと答えた。

「義務でしたら契約書に正しく記載をしてください」

「そうそ……んっ？」

「拘束時間にあたるようでしたら、正しい勤務時間を明記してください」

真正面から正論をぶつけられた人事部長は、口をぱくぱくさせていた。

そうなんだよなー、こいつは俺とちょっと違う意味で面倒臭いんだ。仕事の覚えは早いんだけど、他の奴らと違ってなあなあで済ませられない。会社の伝統とか精神論なんてまったく理解できないのは、ある意味で現代人らしいのかね。彼女の教育を前任者から引き継いだのも、たぶんそれが理由だ。

などと完全に他人事として眺めていたら、びしっと俺が指さされた。

「後藤、そもそもお前がいい加減な勤務態度だから、おかしな影響が出ているんじゃないか？　先輩らしくもっと真面目にやったらどうかね」

え、そうなの？　と雨竜を眺めると、長い黒髪を揺らして「さあ？」と小首を傾《かし》げていた。

尚も小言は続いて、面倒になった俺は窓の外をぼんやりと眺める。でも別のビルが視界を塞いでいて、せっかく晴れているのに青空はちょっとしか見えなかった。

思わずため息が出てしまうよ。まだ若いってのに、このまま何年も何十年も、ずーっと働かないといけない現実がさ。

ばんっ、とテーブルを叩かれて俺の思考は会議室に引き戻された。

「聞いているのか、後藤！　これ以上、態度に問題があるようなら給料に響くぞ！」

そう唾を飛ばされた俺は、かちんと来た。

持ち前の負けず嫌いのおかげで営業成績はかなり良い。まだ少ない経験を気合いと努力でカバーしているので社内でもトップクラスだ。それなのにたった10分のことで、しかも遅刻だってしていないのに評価を落とすだと？　会社の伝統とやらのために？

ずばん、と人事部長がのけぞるくらいテーブルを叩いて立ち上がる。

「さっきからバンバンうるっせえんだよ！　そんな下らないことで俺たち4人の時間を奪うよりも、皆が定時であがれるくらい各部署の連携をもっと上げろ！　さっさと帰るんじゃなくて何か手伝えることがあるかを、そっちこそちゃんと聞け！　このバーコード白髪《しらが》ッ！」

これまでだんまりだった俺の部長と副部長は「やっぱりこうなったか」と頭を抱え、後輩は大きめの瞳を真ん丸にしていた。騒ぎは外にまで聞こえていたらしく、同じフロアの同僚たちも「なんだなんだ」と視線を会議室に向けていたらしい。

まあね、態度に問題があると指摘されたのは正しいよ。だってこんなにキレやすい俺なんかがよく会社勤めしてられるなーとか我ながら思うもん。同僚からも、しょっちゅう同じことを言われてるしさ。

とまあこんな感じで俺はつまらない社会人生活を2年ほど続けている。さっきみたいに爆発するときもあるけど、うっかり採用をしてくれた会社のおかげで親に心配をかけないくらいには問題なくやって来れているはずだ。

たぶんこの先も同じような「まずまず」の日々が続くだろうと、このときの俺は思っていた。

自動ドアが開いて一歩進むと、ようやく青空を眺めることができた。

やっぱり本日はなかなかの快晴で、ちょっとだけ気分も晴れてくれる。街路樹から差し込む陽も暖かくて気持ちが良い。うーんと俺は大きな伸びをする。

極めて下らないやり取りも終わり、やっとお昼の休憩時間になってくれた。先ほどのうさも晴らしたい俺としては、さっさと馴染みのラーメン屋さんに行きたいところだ。

「ラーメン、ラーメン、大判チャーシュー麺♪」

ひょいひょいと軽い歩調で路地裏を歩き出す。この辺りは新宿に近いんだけど、栄えているところから少し離れた住宅街だ。なので主婦っぽい人もたくさんいるし、俺と同じように昼食をとろうと外に出た会社員も混ざっている。通りはそれなりに賑わいを見せていた。

その道で、きょろりと俺は周囲を見渡す。

「なんだろ、変な感じ」

違和感というか、お尻がムズムズする感じがしたんだ。恐怖映画とかで、そこの扉を開けたらきっと怖い奴がいる……みたいな予感じみたやつ。どこから見てもごく普通のお昼どきなんだけど、よく見たら色褪《あ》せていて寒々しい印象があるような無いような。

なんだろなー、気持ち悪いなー、なんて思いながら近くの角を曲がると、井戸端会議の最中らしき主婦たちの声が聞こえて来た。

「また出たらしくて、今度は新宿駅のほうで」

「電車が止まっているって本当？　怖いわぁ」

そんな会話を背中に受けて、なんのこっちゃと俺は首を傾げる。

出たってなんだよ。巨大怪獣か？　もちろんそんなわけもなく空は晴れわたり、破壊音なんてどこからも聞こえてこない。むしろ仕事をサボりたい俺としてはとても残念だ。ちょっとくらいなら平和も乱れてくれて構わないんだけどね。

それよりも電車のほうが心配か。ご存知の通り、俺たち会社員は体調管理も仕事のひとつと言われている。家に帰るのが遅くなるほど疲労はたまり、明日に差し支える。だから定時ダッシュするのも仕事のうちなのだ。それを交通機関が邪魔をしてどうすんだって話だよ。

おっと、そんな事よりもラーメンだ。どうせまだ昼間だし、帰るころには電車もまともに動いているだろう。そう思いながら俺は足を早めた。


馴染みの店は職場から少し距離がある。テレビに紹介されましたというＰＯＰや雑誌の記事があちこちに貼られており、その宣伝効果もあったのか店先まで数人ほど並んでいた。

「あちゃー、来るのがちょっと遅かったな」

「後藤先輩。今日もここでしたか」

「おっと雨竜も並んでたのか。おう、腹の調子が悪いから油っこいのを喰わないとさ」

「はあ、余計にお腹の具合が悪くなるんじゃないですか」

にかっと笑いかけた俺とは対照的に、笑みをまったく見せず後輩はそんな返事をする。

こうして見るとやはり背が小さいし、ぱちぱち瞬きをする瞳が大きい。顔が整っているので、あとは愛想さえ良くなれば男どもは放っておかないと思うのだが、それぱっかりは個人の好き好きだ。

まあいいや。たまたまこいつも同じ店を選んだらしいけど、今さら店を変えるのも面倒だから後ろへ並ぶことにする。しかし先輩の俺が一緒だっていうのにスマホからまったく目を離さないのは最近の子らしいなーと思うよ。自分の歓迎会だって参加を断るような奴だし。

などと思っていると、スマホへの視線はそのままに雨竜が話しかけてきた。

「先ほどは大変でしたね。ああいう小言はよくあるのですか？」

「どーだろなあ。むしろちょっと減った気もするぞ。なんだかんだ仕事ができる奴ってのはさ、見えないところで特権が働くんだよ。雨竜だってそうだろ」

そう言うと、怪訝《けげん》そうな瞳がこちらを向く。なぜ狂犬みたいな俺と同類扱いなのか分からない様子なので、折角だから教えておくか。

「性格に難があっても、頭が良いからすぐに仕事を覚えちゃう。あっという間に一人前になりそうだなって、あの人事の奴もたぶん分かってんだよ」

暇だったので思ってることをそのまま伝えると、あからさまに嫌そうな顔をされた。

「……先輩から褒められると気持ち悪いですね」

「ぐああー、なんて可愛くない後輩だ！　とりあえず詫《わ》びとして俺と順番を替われ」

「嫌ですよ。むしろ先輩として奢《おご》ってくれるのが普通じゃないですか」

あのな、同性相手に奢るような金なんてこの世界には無いんだよ。立派な男が可愛い女にご馳走を振る舞う。そうやって経済と出生率は保たれているんだ。むしろ世話をしている俺のほうこそ奢られるべきじゃないか。

などと伝えたら、まじまじと見つめられた。

「先輩、まさかご自分を女性と思っていたのですか？」

「……えっ、違うの？」

俺、おっぱいがついていたら自動的に女に分類されると思ってたんだけど。

そんな下らないことを考えながらも、ふと俺の視線は店内のテレビに吸い寄せられる。ラーメンを食っている最中の客まで同じように壁掛けテレビを見上げていた。

わああと太めの体格をしたレポーターが何かを喚いてたんだ。

かなり焦った表情で路上を指さしている様子が映っているのだが、ひょっとして大事件でも起きているのだろうか。

「ん、なんか事件でも起きてんの？　そういやさっきから周りが騒がしくないか？」

「いまそれを調べていたんですけど、近くに通り魔が出たらしいです」

雨竜はそう言い、スマホの画面をこちらに向けてきた。

ああ、新宿ね。さっき路上で聞こえた噂《うわさ》話もこれか。通り魔が出て、何人も怪我《けが》を――。

「そういえばさっき『また出た』って聞こえたな。こんな事件が何件も起きてんのか？」

「え？　いえ、そこまでは知りませんけど……ん？」

後輩の視線につられて、俺も背後に目を向ける。

ここは商店街に入ったところなので、車通りはかなり少ない。代わりに歩行者は多いのだが、すぐそこの連中が一斉にピタッと歩みを止めていた。まったく同じ方向を眺めながら。

なんだぁ？　と怪訝に思うが、この位置では彼らの視線の先がよく見えない。背伸びをして眺めると、それと同時に彼らは一斉に目を剥《む》いた。

「ウワっ！　ワアア——ッ!!」

「ギャ——ッ!!」

一転して大パニックだ。

たくさんの悲鳴に俺と後輩は唖然《あぜん》とした。

映画や漫画ではそんな光景をよく見るが、実際に体感するとまるで異なるものだとすぐに分かる。数えきれないほどの声が空気を震わせて、肌が一斉に粟立《あわだ》つんだ。

絶対にあそこへ近づいてはいけない。

鼓膜を震わせる大声は、そのような警告だと俺は感じ取った。

「せ、先輩、離れませんか!?」

「お、おう！　こら、こらこら、俺の腕を握るんじゃ……！」

わああっ!!　という悲鳴が、すぐ近くで起きた。こんなの一瞬でヤバいと分かる。かなりの近距離まで、先ほどの何か恐ろしいものが近づいていていたらしい。

そのとき雨竜が、駆けてきた人波にはね飛ばされ、俺の目の前でもんどりうって倒れてゆく。それは絵に描いたようなパニックの光景であり、俺の心臓は鼓動を早める一方だった。

足を押さえて呻《うめ》く姿を見て、はっと我に返る。

「だ、大丈夫か。早く起き……」

雨竜へ手を伸ばしかけたとき、ゾワリとうなじの毛が逆立つ。

すごくすごく嫌な感じがした。俺のすぐ隣、頭からフードをかぶった奴が、雨竜を観察するようにじっと眺めていたんだ。

単なる俺の見間違いだと思うが、そいつの全身は青い絵の具で塗ったように色がにじんでいて、輪郭もひどく曖昧だ。雑に描かれた目玉が身体のあちこちにあって、ぎょろりと周囲を監視するように動いている。はっきり言って気持ちが悪いし、ぞわああって全身の肌が一気に粟立つ。

ゴルル……という唸り声も聞こえてくる。

全身目玉野郎の向こう側にいるあれは一体何だ？　車くらい大きな狼、それも真っ黒い毛並みをした動物なんて図鑑でも見たことが無い。血のように赤い口内には生首がいくつかあって、魚みたいにうつろな目玉がこちらを見ていた。唐突に彼らはぐしゃりといっぺんに噛《か》み砕かれ、ぱっと炎の鱗粉が周囲に散った。

気がつけば、さっきまであったはずの「逃げる」っていう意思も消えている。

この光景は現実味が無さすぎて、悲鳴さえ出てこない。

と、フード男が取り出したものに俺の視線は吸い寄せられてゆく。鍔《つば》のあるナイフ。妙に大きく感じられるし、ピンク色の蛍光色だ。右腕が赤く染まってるのは、いったい誰の血だろうか。だけど俺の身体はピクリとも動かない。すぐ隣から発せられる異様な気配に、恥ずかしいことにブルっちまったんだ。おまわりさんこっちです、なんて言う余裕は無い。

そいつは逆手のナイフを振り上げて、倒れた雨竜に向け――って、おいおい！　この俺の目の前でなにふざけたことしてんだテメエ、こら！

気がつけば、ゴッと殴りつけていた。別に喧嘩っ早いわけじゃないけど、こういうときは勝手に身体が動くらしい。たぶん子供のころ親父から習っていた空手の影響だ。

当てることだけを考えては駄目なんだとさ。親父が言うには、触れたその瞬間からようやく衝撃が相手に伝わるので、渾身《こんしん》の力で振りぬいてこそ意味があるんだって。

そう過去に習った技術を思い出し、俺は指の骨が折れても構わないフルスイングをかます。しかし、するりといなされ、力の方向を変えられた感覚だけがあった。

「せんぱっ……！」

サクリと来た。

そのナイフはカウンターぎみに首の側面を断ち切るもので、一瞬の間を置いて温かいものがドクドクと溢れてくる。思わず手で押さえ、口のなかに血の味が広がってゆくことに「あれっ？」と呟《つぶや》きながら呆然とした。

これ死ぬわ、と一瞬で分かるレベル。だって頸《けい》動脈から気管までやられたんだもん。

こういうときって、ぐらーって倒れる演出を見かけるけどさ、どうしてなのかやっと理解できたよ。血圧が一気に下がって、頭に酸素を送れないんだ。視界が一段階ほど、そのせいで暗くなったのをただ感じる。

どすんと膝から落ちてうずくまる。

その目の前にフード姿の全身目玉野郎が顔を寄せてきた。

鼻筋は彫りが深く、口元は愉快げに笑みを浮かべている。そいつはひどく聞き取りづらい声を発した。まるで外国語からの同時通訳のように。

「……お前にしておこう。我が軍門に下るか、そのまま死ぬかを選べ」

なに言ってんだこいつ。まさかソッチ系の奴に俺は殺されかけているのか？

冗談じゃねえぞ、このボケナスが。そう睨《にら》みつけると、フード男は興味が失せたように呆れ顔を見せ、ふいっと背中を向け……かけたところで再び振り返る。うずくまる俺をまじまじと眺め、それから口を開いた。

「ほう、それを掴《つか》むとはなかなかに運の良い奴だ。フイにするかどうかはお前次第だが」

はあ？　こいつなに言ってんだ？　死にかけているのに運もクソもあるかよ。

意味ありげなことを言った奴は、今度こそくるりと背を見せる。それから指先を前方に向けると、唐突に黒狼はゴオオッ！　と闇色の炎を吐いて市街を大炎上させた。甲高い悲鳴を掻《か》き消すそれは、残酷で、恐ろしくて、途方もない何かだと思わせるものだった。

ばらばらと吹き飛ぶ人たちも、空中で燃え上がってそのまま消滅する様も、現実感が無さすぎて悲鳴も出ない。それよりも最後に見たあいつの顔は、まるで興味を失ったおもちゃを見るような目つきだった。

腹立たしいし、もう一度ぶん殴ってやりたい。だけどもう身体がジンと痺《しび》れて動けない。どくっ、どくっ、と鼓動に合わせて流れてゆく温かいものだけが妙にリアルだった。

《他者から倒されました。消滅カウントダウンを開始します》

唐突に、頭の奥からそんな声が聞こえた。

けれど今は、んぐんぐと血を飲むことしか俺にはできない。息ができねえ、くそおっ！

気がつくと雨竜が覗き込んでおり、今までに見たことないほど泣きそうな顔をしていた。

「先輩っ！　後藤先輩っ！　死なないでください、お願いしますからっ！」

《不可能です。治癒関連の技能《スキル》を保有していません。現在、取得可能な技能《スキル》は以下の通りで

す》

今にも泣き出しそうな後輩のすぐ隣、そこに水色の四角い枠が出た。ざあ——っと驚くほどの単語数が並んでおり、一部だけ太字でハッキリと書かれている。

なんだこりゃ、視界がグラグラしてるし吐きそうだけど、気になって仕方がない。

モニターに表が映っていると、つい目で追ってしまうのは会社員の悲しき性《さが》だと思うよ。

たったいま死にかけてるってのに、読み取ろう、理解をしようと思考が吸い寄せられるんだから会社員ってのはどうしようもない。

ん、ゲーム、なのか？

攻撃魔法っぽい何かが並んでいるし、よく見ればゲーム画面と近しいように思う。

震える指先でスマホのようにフリック？　スワイプ？　まあいいや、指でつい——っと横にスライドをすると、いくつかの項目に分かれて表示される。

《消滅カウントダウン、10、9……》

おう、なにやら本格的にヤバい感じだ。可哀想なものを見るような後輩の目はとりあえず忘れよう。どうせ放っておいたら俺は死ぬし、いま「治癒」って単語が見えたんだ。

・【継続治癒《リジェネレーション》】ＬＶ１　［詠唱無］
・【治癒術《ヒーリング》】ＬＶ１　［詠唱８ｓ］

・【範囲治癒術《ヒールウインド》】ＬＶ１　［詠唱16ｓ］

治癒と関係ありそうで選択可能になっていたのはこれだけだった。

良く分からないが、勘で「詠唱無」と書かれたものを指で押す。

すると本当に宜しいですか、という意味なのかＹｅｓ／Ｎｏという表示が出る。

イエスだ、イエス、もう後輩からの声も周囲の音も、なんもかんも聞こえてないんだぞ。視界だって残像がかったあやふやな感じだし、本当なら走馬灯タイムを迎えているってもんだ。

ポーンという電子音が頭の奥で鳴って、視界の端っこに砂時計みたいなアイコンがでた。そいつは上から下へと砂を落としてゆき、みるみるうちに減ってゆく。

――じゅわああ！

吹き出た蒸気にびっくりし、押さえていた手をつい離してしまう。

途端に、ドッと音が溢れてくる。まるで深い川底からざばりと引き上げられたかのようだ。耳に響くのは周囲の喧騒とパトカーのサイレン音。びっくりしたしうるさいくらいだけど、おびただしい汗を流して、ぜいぜい喘《あえ》ぐことしか俺にはできない。口から血だらけの唾が、どろっとアスファルトに垂れて行った。

しばし限界まで目を見開いた雨竜と見つめ合う。じゅううと首から蒸気をあげながら。

えー、なにこれ、なんなの？　なんで煙が出てんの？　爆発すんの？

気持ち悪いのはこの砂時計型のアイコンだ。瞬きをしても消えないし、砂はみるみる減ってゆく。やがて首の痛みは収まってゆき、這《は》いつくばった姿勢のまま俺は見上げた。

「ど、どゆこと!?」

そう尋ねても、後輩には金魚みたいに口をぱくぱくと動かすことしかできない。まあな、逆の立場なら俺でもまったく同じ顔をすると思うよ。

砂時計はぎりぎり1ミリくらいを残して停止する。怪我はきっちりと治り、俺は血だらけのスーツ姿で立ち上がったわけだ。炎上真っ最中の商店街で。

《継続治癒《リジェネレーション》がLV2に上昇しました》

そんな場に合わないやけに冷静な声が俺の脳内で響いた。思えばこのときが、俺の人生を大きく変えた瞬間だったのだろう。


バタバタと空から響く音は、報道陣の乗り込むヘリコプターだ。

それは地上の様子を映し出し、いち早くお茶の間にニュースを流す……はずだった。

しかし彼らは一様に絶句する。そしてこれを映像として流して本当に良いのだろうかと思いながら、レポートの言葉も挟めないまま無言でカメラをただ回す。

局地的に点々と黒煙をあげている光景は、どこか震災時を彷彿《ほうふつ》とさせる。しかし路上を舐《な》めるように黒い炎が燃え上がり、いますぐそこで人が大量に燃やされているのは戦争と表現したほうが良いのだろうか。

　あんなものはひと目で異常だと分かる。

　黒炎が身体にまとわりついて、ゴウッと強い風が吹くと粉微塵になって消し飛ぶ様は。

　あー、うー、とレポーターは意味も無く唸り、あれをどうやって伝えるべきかと至極真面目に考えようとしていた。

　現場に到着をしたパトカーが、すぐさま内側から燃やされてゆく光景をカメラはただ映し続ける。これが何なのか答えられるものは、やはりただの一人もいなかった。

★★★★★

　その日、122名の死亡者と84名の怪我人が出たらしい。

　俺はその数に含まれておらず、普通だったら死亡者側に名を連ねていた、と思う。

「普通だったら、ねえ。俺が異常みたいじゃん。あ、異常だったか」

　などと俺は薄暗い部屋でひとり言を漏らす。通り魔と未確認生物の事件はテレビで大々的に報じられ、特に昼間はどこのチャンネルでも同じ話題でもちきりだった。ある局のアニメの再放送を除いては。

　なんでも事件は新宿駅前で発生して、だんだんと被害の規模を広げて行ったそうだ。最終的には俺が見たように、周囲一帯を燃やし尽くすような災害となって、当たり前だけど治安を守ろうとする警察は何の役にも立たなかった。ひょっとしたらブン殴った俺が一番の功労者だったかもしれない。

――犯人は武器を所持しており、逮捕の直前に行方をくらまし、現在も必死に捜索を…。

――幼い子を残し、鈴木さんは帰らぬ身に……。

――上空からの映像です。第3の被害地でも警察官による検証が開始され、封鎖エリアへの立ち入りをする様子が……。

薄暗い部屋で毛布をかぶり、チャンネルを次々と変えてゆく。だけど欲しい情報はなかなか見つからなくてイライラとさせられる。

と、ようやく俺はリモコン操作を止めた。その映像は誰かがスマホで撮影していたらしく、やや不鮮明ながらも商店街を歩く男が映し出されていたんだ。撮影者の手の震えが映像から伝わってきて俺まで怖くなるけど、よく撮影できたなと感心するよ。そんなに「いいね」が欲しかったのか。すげーな。

さて、右手に持ったナイフは、やはりどこか変だった。ピンクの蛍光色だなんて、あまり目にするものではない。それとあの巨大な狼はどこいった。目撃者は山ほどいるだろうに、誰もそれを口にしない。まさか俺にしか見えないってことは無いだろう。お化けじゃないんだから。

「ん――？　なんだこれ」

モニターに顔を近づけ、その男をじっと見る。足元の影がちょっとおかしくて、狼みたいな形をしているんだが……。ぱっと画面が切り替わり、脂でテカテカしたおっさんがアップになって、俺は「のわっ！」と仰け反った。くっそ、無駄に高解像度にしやがって！

スタジオに切り替わると専門家などの意見も出てきたが、あのナイフの入手場所や素材についてはまったくの不明らしい。今も懸命な捜索は続いているが、あいつは警察なんかに捕まらないのではと根拠もなく思う。

う～～ん、分からん。意味が分からん。

視界の端っこにあるアイコンは相変わらずで、空っぽだった砂時計は一晩眠ると元に戻っていた。そして首を切られて死にかけた俺は、このなんかよく分からんやつのお陰で生きている。

そうだ。あのとき変な声が聞こえたたな。何の感情も無さそうな男か女かも判別できない声。

よく分からないが、あれは誰だったんだ？

《夜の案内者《ガイダンス》です。本来この世界に存在はしませんが、次元を断たれたため干渉が可能となりました》

あ、何か聞こえたー。

たっぷり10秒ほど頭を抱え、それから幻聴では無いと分かってから顔をあげる。

んで、そのガイド君は、いつまでここにいるの？

《既に案内役として認定されております。よって、あなたが死ぬまでです》

あっそうー。でも死にかけたし、一応こいつに救われたから文句は言えないや。

はー、もうわけ分かんないことばっかりだな。そう思いながら部屋の隅を見ると、乾いた血のついたスーツが掛けてある。一張羅だし精神的ストレスもあるのでしばらく出勤はパスだな。というかあれってクリーニング出せんの？　俺が店員さんなら、洗って真っ赤な血が出てきたら大パニックだよ？　いいやもう。どうせ安物なんだし、さっさとゴミの日に捨てよう。

さっきからスマホがブルブル震えてうるさくって腹が立つ。それを布団に思い切り投げつけてからシャワーを浴びに行くことにした。

そういえば、風呂にも入っていなかったか。俺みたいに気楽に過ごしてる奴でもストレスってあるんだな。仕事？　知らん知らん。あんなおっかない場所に行って、「おはようございまーす」なんて笑顔で言える奴なんていねえよ。


ジャッと熱いシャワーを頭から浴びながら自問自答をする。

あ、ちがうか。俺の中にいるよく分からない奴に相談をする、だ。

あのさ、俺みたいな奴って他にいるの？

《能力者という意味でしょうか。この世界では極めて稀です。しかし次元が断たれたままのため、じきに変化が訪れます》

えー、日本どうなっちゃうのー？　それとさ、あの通り魔は何者？

《魔物と呼ばれる者が一定期間ごとに目覚めます。小さな個体ほど早く目覚める傾向があります。また、あなたが通り魔と呼ぶ者は【超越者《アザー》】という極めて稀な技能《スキル》を有した直後、世界線の移動を果たしています。目的は情報不足のため不明です》

あっそうー。わけの分からん単語がずらずら出てきたぞ。世界線の移動って、つまりは異世界？　それとも並行世界？　悪いけど昔っからＳＦは苦手なんだよねー。

魔物ってのはモンスターってことだよな。ゴブリンとかオークとか、そういう奴らが日本に続々と湧き始めるのかね。やっぱり現実感がまるで湧かねーわ。

などと思いながら鏡ごしに首のあたりを見る。うっすらと白い線が走っているけど、もうほとんど見えないくらいだ。うげ、かなり切られていたんだな。あのときは血を吐いたくらいだし、頸動脈なんてスッパリ行ってるわな。お陀仏コースまっしぐら……のはずなんだが。

きゅ、とコックを捻《ひね》り、シャワーを止める。

もうもうと湯気の溢れるなか、曇った鏡を手で拭く。そこには谷間をつくる胸と、趣味で鍛えた身体が映っている。普通の女性よりも肩幅があり、くっきりとした鎖骨を見せていた。

どうすんだよ、これ……。

わけの分からないまま殺されかけて、やっぱり生きていて、俺の頭の中に何かがいる。おまけにそいつは、これからモンスターが出るぞって脅かしてきた。これからどうするんだよ、としか言えないだろ。

はあ、と息を吐き、短めの黒髪をばさりと振ってからバスタオルを手に掴んだ。

わしわしと頭をタオルで拭きながら部屋に戻る。一人暮らしだからもちろん素っ裸だ。まあ家族がいたときも似たようなもんだったけど。

と、窓の向こうに広がる雨雲を見て、俺は足を止めた。気のせいかもしれないけれど、昨日までの光景と違って見えた気がしたんだ。今にも落ちてきそうな曇天は、この安定しきった日本を押しつぶそうとしているように見える。寒々しく、重苦しく、ゴオオとあの黒狼が鳴いていそうな景色。

ぶるりと身体が震えるほどの寒気を覚え、それをごまかすように問いかける。

……さっき言っていた魔物って、強いのか？

《シミュレーションを開始します。成功しました。この世界線の武器で当初は対応可能ですが、半年を過ぎたころ対応しきれない魔物が台頭します》

ふーん、つまり強いってことか。現代兵器でも敵わないモンスターと聞くと、まるで映画の世界みたいだ。びゃーっと怪光線を撃ってきたり、ビルをなぎ倒したりするアレね。

だけど俺は「アホらしい」なんて言い捨てず、タンスをごそごそと漁《あさ》って通帳を取り出す。それをぺらりとめくって数字の羅列を覗き込んだ。

「500万かー。これだけあれば1年は生きていけるかな」

そうぽつっと呟《つぶや》く。一人身だし仕事は真面目にやるほうだったから、まあ普通程度に稼げてはいる。別に貯金趣味ってわけじゃないけど、いつか金を貯めて広い家に住みたかったしさ。

通帳を手に、どさっとベッドに寝転がった。

やっぱり現実感は乏しいんだけどさ、残念ながら俺は実際にこの目で見ちゃったんだよね。あまり思い出したくないけど、たぶんあの巨大狼こそがモンスターとやらなんだ。いくら部屋に引きこもっても、ドルドルとエンジンのように腹を震わせて吐き出された黒炎を、いつまで経っても忘れられない。

ああいうのがたくさん出る？

この東京に？

たった半年で対処しきれなくなる？

それって会社に行っている場合なのか？

ん――、困った。困ったぞ。俺の前にはふたつの道がある。今まで通りの生活をしてゆくか、夜の案内者《ガイダンス》なる奴の言葉を信じて何かしらの行動をするか、あるいはずっと何もしないかだ。

あ、みっつも言っちゃった。もちろん最後のは嫌な予感しかしないのでパスをするとして、行動する、しない、の選択肢が残されたわけだ。

「だけどなー、仕事をやめるのはさすがになー。これがもしも誤情報とかだったら、俺がただの可哀想な奴になっちゃうじゃん。そんなのやだー」

そう言いながら水滴の残る首筋に触れる。指先にほんのちょっとだけ線状の感触があって、傷はすっかり癒えている。かさぶたさえも残っていない。あれだけ血を流してくたばりかけたのに、常識外れの力で生き残れたのは事実だった。

なので、これからモンスターどもが大量に湧いてくる東京と、上司から小言を聞かされながら働く会社。どちらが現実的なのか俺のなかで少しだけあやふやになった。

ぐんっと両足を持ち上げて、それから勢いをつけて起き上がる。

「ん――、決めた。まずは今後そうなるっていう証拠を見てからだ。ガイド君、その弱いモンスターが出てくる場所とかって分かる？」

《周辺情報をシミュレーションします。完了しました。場所と時刻は……》

うーん、2日後とは思っていたよりも早い。こりゃあ悠長にしていられないぞ。そう思った俺はようやく衣服を身につけることに決め、すぐさまホームセンターへ向かうことにした。

会社についてはとりあえず放置でいいや。記念すべき有休消化の初日ということで。

あ、昨日も午後半休を貰《もら》ってたか。気にすんな気にすんな、細けえことはいいんだよ。

★★★★★

――お前にしておこう。我が軍門に下るか、そのまま死ぬかを選べ。

ぼんやりと、昨日聞いた言葉を思い出す。首を押さえても血はまるで止まらず、シャツや腕がどんどん真っ赤に染まってゆく光景まで一緒に。相手は殺人鬼であり、そして俺は殺されかけた。だからたぶん、ずっと忘れられない言葉になると思う。

「我が軍門、ねえ」

そう呆れ混じりの息を吐き出しながら呟く。

ふわっとしたことを言われても困るんだよ。もっとこう「腐敗した政治を打開するために立ち上がろう」とか言われたほうがピンと来るってもんだ。

ただの痛い奴なのかと思いきや超越者《アザー》とやらの能力を得ているらしい。あの黒狼もきっと奴の「軍門」に下っているのだろう。一体何者だったんだろうな、あいつは。

フスーと息を吐きながらネズミ色の空を見上げる。透明のビニール傘には水滴がいくつも落ちてきて、ぼつぼつと音を立てている。鬱陶しいこの雨は夕方まで止むことは無いらしい。

いつかまたあいつと会う日があるのかな。そのとき俺は何と言うのだろう。

そう考えながら、また小さな溜息をついた。

さて、平日のホームセンターは平和なものだ。

人が少ないのも気にせずに、ビニール傘を閉じて入店する。

とはいえ手に入れたいものは魔物相手の護身用武器だったりするので、ちょっと他の人とは目的が違うかもな。ゲームみたいに武器屋でも欲しいところだけど、さすがに今はそうもいかない。現代兵器でも勝てない相手が来るのはあと半年先らしいので、その頃は……うん、普通に閉店しているか。聞いた話が本当ならだけどさ。

とはいえ家から歩いて来れるホームセンターはここだけなので、もしも有事を迎えた際にはお世話になるかもしれない。物資はやっぱり貴重だし、ひょっとしたらここも奪い合う光景になるのかね。いや、温厚な日本人らしく行列を作るのか？

うーん、やっぱり想像力が働かん。もっとこう「こいつは俺様のモンだー」とか銃を乱射する、頭のおかしいアメリカンな感じになれば面白いのに。……面白くねーよ！（逆ギレ）

えーっと、と呟きながら棚を見る。

家庭用の道具を順番に見ていくと、なかなかそれっぽいものがある。斧とかは近いんだけどなー、ちょっと短いかなー。

などと思いつつ、スマホをポチポチする。すぐに適した得物、キャンプ用の斧がオンラインで見つかったしアメリカ製で値段も安い。さすがはアメリカ人様だ、破壊に関する道具作りで右に出る者はいない。あいつら単純だからなー。爆発したらヒャッハーって叫んでいそうだし。

あ、そういや海外にも魔物は出るのか？

《当初はこの東京を中心に発生します。しかし影響範囲は拡大し、やがてこの星の全域に出

現するでしょう》

　あっ、そうー。たぶんアメリカやロシアなんかはバリバリ抗戦するだろうし、もしも本当なら映画にでもなりそうね。むしろすごいレベルの兵器が生まれそうな予感。

　さて、護身用の得物はネット通販でポチったので、他の道具を見て回ろうか。ここではキャンプ用品も扱っていたので、寝袋やナイフ、川の水を飲めるストローみたいなのを物珍しく眺める。

「へー、濾《ろ》過能力２００リットルって、凄いのかどうか分からんな。おっと、こっちはスマホサイズで１５００リットルかー。やるなあ、人類」

　これで３０００円しないからね。うーん、普通に感心できるレベル。

　ちょっと面白いなーと思ったのは火打石、あるいはメタルマッチと呼ばれるものかな。これはマグネシウム性のロッドという黒い棒を削る代物で、一万回以上も火をおこせる道具らしい。こちらも３０００円と、かなりお安く感じられる。

「あー、これ、めちゃくちゃ欲しい」

　そうぼそりと呟くほど格好良い。だって濡れても平気とか絶対に便利だし、なんとなくプロっぽい。困っているときにさりげなく取り出して使われたら、たぶん俺なら惚れちゃうよ？

　なんとなく楽しくなってきたので、キャンプ用品売り場をきょろきょろと見回す。

　あとサバイバル道具として定番なのは、高い場所から降りれる紐とか懐中電灯とか、ソーラー充電できる照明、それに体温維持のブランケットか。こうして見ると知らないものばっかりでワクワクするな。玩具屋さんの大人版といったところか。

買いたいなー、欲しいなー、でもまだ必要かどうか分からないから……また今度にしよう。というかネット注文したほうが早いし安いし種類も豊富だ。だからネット社会に負けるんだよ、などと思いながら俺は店を出た。

壮大な冷やかしである。

まあ俺の場合は実際に触らないとイメージも湧かないし、こういう店もあればそれなりに役立つんだよ。ついでに滅入った気分も晴らしたかったしさ。

ばさりと傘を広げると、先ほどよりも大きな雨粒が降っていた。

さて、家に帰ったけど相変わらず電話の呼び出しがうるさい。ブーブー鳴りっぱなしで電池の消耗も激しい。まあ会社を1日半もサボっているし、昨日なんて血まみれだったから心配されているんだろうけどな。放っておいてほしいし、女ってのは血に慣れてんだよ。

面倒だから無視しても良いけど、あまりにうるさいから出た。

「あい、後藤です」

「おお、いたか、良かった。体調は大丈夫か？　うん？　それよりも昨日の騒ぎがあって、警察からお前のことを聞かれて困っていたんだが……」

「絶対に住所は教えないでくださいよ。これ以上辛い目にあったら心労で死んでしまいます」

ぶちっと人事部長からの電話を切った。

これでさらに警察の事情聴取とか、面倒くさすぎて冗談じゃないですぅー。ってもあいつらには報告義務もあるので、嫌でも警察は来るだろうけど。本当に使えない奴だよ、あのバーコード白髪は。

まあ、今は会社なんてどうでもいい。

それよりもだぞ。この世界が魔物に襲われて、仮に文明が崩壊したとする。そのときに家庭用サバイバルグッズだけで生き残れるのだろうかと俺は悩む。

それは食料や水、生活用品の確保だけでやっていけるのかという疑問だ。普通の文明崩壊ならいざしらず――いや、普通の崩壊ってなんだ？　まあいいや――外をうようよとモンスターが歩き回っていたとして、ずうっと薄暗い布団のなかに隠れていられるのだろうか。

しばし悩んだ俺は、天井に向けて話しかけた。

「ガイド君、このあいだの青い表？　見せてくれる？」

《技能《スキル》一覧とステータスを表示します》

ぶぶん、と以前にも見かけた画面が立ち上がった。

ぎっと椅子にもたれかかりながら、それを見やる。こうして冷静になって眺めてみると、普通の光景じゃないと分かった。単純な文字の羅列の割には解像度が高すぎて、印字されたものを見ているようだ。触れたら素通りするし、指先を線状に照らされるのもちょっとだけＳＦ感がある。

さて、肝心の内容を眺めてみるか。

残り技能《スキル》ポイントは5と書いてある。このあいだ取った継続治癒《リジェネレーション》とやらも5ポイントが必要だったらしい。ふーん、つまり最初は10ポイントあったのか。

そして所持しているポイント以内のものはグレーの文字色で薄くなっていた。つまりポイント不足で獲得できないものだ。

指でスワイプすると、表が左右に動くのも前と変わらない。項目としては攻撃、回復、その他、に大きく分かれるようだ。これが本当にゲームみたいで、武器を使った技や、遠い敵に当てる魔法が並んでいる……のだが、魔法っぽい名前のやつはすべて灰色で塗りつぶされてた。

ガイド君、このファイアとかの魔法を覚えたいんだけど何で取れないの？

《この世界線には、魔法を行使するための基礎構築がありません。よって取得不可能です》

なにを言ってるんだか分かりませーん。でも魔法は駄目かー、覚えてみたかったなー。隠し芸のネタが欲しかったし……って、そりゃ手品ですがな。

技能《スキル》表とやらと睨めっこを始めたのは、サバイバル以外のことも考えたかったからだ。

きっとどのサバイバル教本を見てもモンスターを相手にどうするかなんて書かれてないだろうしさ。もし書いてあったとしても頭のおかしい筆者なので参考にならないけど。

さて、技能《スキル》には発動時間、威力、範囲、属性などが細かく設定されており種類は豊富だ。回復系もだいたい似たようなもので、効果によって取得に必要なポイントが変わる。けどまあ、今は継続治癒《リジェネレーション》を覚えているので、しばらく取らない気もする。

病気治癒ってのもあったけど、ガンみたいな不治の病も治るのかな。いっそのこと病院のライバルになってやりたいなと思うけれど、肝心のポイントがまるで足りない。ちぇっ。

最後の「その他」という項目は、武器や己自身、あるいは他者などを強化するらしい。足を速くするという単純なのもあった。

「強化かぁ。RPGの定番っちゃー定番だけど、どれくらいの効果か分からないと困るなぁ」

爪先で床を蹴り、意味も無くリクライニングチェアをぐるりと回す。んー、どれか一つでも覚えたら、証拠を確認するためにもうすぐ出現する魔物とやらを見なくても済むか？　いや、首の傷を治した治癒術は本物だったし、そこに嘘は無いんだよな。

「やっぱ敵が現れ続けるってのを確かめないと、今後どうするかは決まらないか。ついでに護身用の技を何か持っておきたい。ガイド君、技能《スキル》の取り直しはできる？」

《不可能です》

ですよねー。分かってましたよ。そんなに便利だったら何でも入れ替えられちゃうし。

低ポイントで取得できるものは、たぶん高が知れていると思う。だけどできれば長く使えるものにしたい。そして確実に役立つもの。あと一番重要なのは、使っても周りの人からおかしな目で見られないものだ。

「ん、じゃあこの【俊足《ヘイスト》】ＬＶ１にしようか。足が速くなるとか単純っぽいし、敵が強くても弱くても使えそうだ」

《了解しました。本当に取得して宜《よろ》しいですか？》

イエス、イエース。そう気軽に俺は頷いた。だって手詰まりのときに逃げる手段が無かったりしたら「詰んだー」ってなるしさ。そういうのはなんかヤダ。

すると取得が終わったらしく、残りポイントは綺麗にゼロとなった。継続治癒《リジェネレーション》を獲得したときと同じように視界の端には足のマークと数字が表示されたけど、たぶん走り出したら数字が減って、最後には効果が切れるんじゃないかな。

となれば早速、どんな効果か試したいじゃん。


雨も上がっており、深夜の公園はちょうど良い実験場だった。

いつも着ているジャージ、それとランニングシューズでまずは普通に走ってみる。たったったーっと。数日ほどサボっていたので身体がちょっと重い気もする。

はい、それじゃあ俊足《ヘイスト》さん、お願いします。

そう念じたとたん、ぐにゃりと視界が歪《ゆが》む。

おおっとっと、こりゃ変だ。地面を踏む力が強くなり、ぐんっと一歩分の距離が長くなる。

足にかかる体重が普段の数倍になっている感じかな。軽く走っているのに歩幅が伸びて、全速力より上くらいだ。これ電動自転車みたいで楽だね！

あっ、さっきの数字は残りの秒数じゃなくって歩数だったのか。一歩ごとに減ってゆくので、これはこれで分かりやすい。試しに3歩で止まってみると、やはりカウントダウンも止まる。1歩だけでも同様だった。

余裕で自己新を越える勢いに、うーんと俺は唸る。

「やっぱり技能《スキル》ってのは本物だったかー」

分かってはいたけど、普段できないことがあっさりとできてしまうのはやはり驚きだ。というよりも継続治癒《リジェネレーション》をもう一度試せば済む話なんだけど、日常生活で怪我なんてしないから分からなかったんだよね。

ほっほっ、と軽快なランニングは尚も続く。

軽く走っている感覚だし、ジグザグ移動もそう大変じゃない。とはいえ力学はしっかりと働いているらしく、公園にある遊具を蹴ってみると、びょんと真上への高いジャンプになった。

おほっ、下腹部がキュッとする高さ！

2階分くらいまで飛んだんだけど！　なにこれぇ、ちょっとだけ面白いぞ！

《俊足《ヘイスト》がＬＶ2に上昇しました》

《【暗視】ＬＶ1を自動取得しました》

残り歩数がだいぶ減ってきたころ、そんな声が響いた。暗視って忍者にでもなる気か？

どうやら覚えたものは経験で上昇をするらしい。しかしこの「暗視」みたいに自動で取得するものと、技能《スキル》ポイントで覚えるものの違いはなんだろうか。タダで貰えるものとポイント交換するものの差……まあ、もう少し様子を見てから考えるか。

ちょっとだけ走る速度が増したので、どうやらレベルアップすると効果も上昇するらしい。上限が何レベルまであるのかは知らないけどさ。

ガイド君、この技能《スキル》って減る一方だけどいつ復活するの？

《12時間の経過が必要です》

あ、ヤベ。調子に乗って使いすぎてたかな？　つっても魔物とやらが出てくるのはまだ先だし、別にいっか。

技能《スキル》は使った分だけ上昇するようなので、これからはなるべく毎日、きっちり消費しておくようにしよう。継続治癒《リジェネレーション》は……自分から怪我をするのはちょっとなぁ。痛いのは嫌だし普通にパスの方向で。

残りの歩数ぶんを使いきり、俺は家へ戻ることにした。

いやー、やっぱり運動は気持ちいいね。しばらく悩んでたけど、だいぶすっきりしたよ。びゅんびゅん走れて普通に楽しかった。

じゃあ通販の荷物が届いたらモンスターとやらを見に行ってみよっか。

最初だからきっとスライムとか可愛い奴なんだろうなー。

第二話 ギズモ

がたんごとんと揺られている通り、会社を完全無視した俺はいま電車に乗っている。
周りはほとんど会社帰りらしきスーツの人たちばかりで、こちらは対照的に穿《は》き古したジーパンとブーツ、それから長袖シャツというラフな格好である。俗に言うサボりであり、今週は月曜しか出社していないという、社会人失格どころか「人としてどうなの？」という領域にまで足を踏み込んでしまったらしい。やれやれ、困ったものだ。
遅い時間なので人もまばらで、窓の外も暗い。そして俺はというとリュックを腹に抱えて、ちょっとドキドキしながら座っていた。ああ、いや、社会人に囲まれて現実逃避をしているとかじゃなくってさ、今はちょっとした……うん、凶器を持ってんだわ。
リュックの口からぴょこんと飛び出ているのはただの棒ではなくて、実はゴツい斧なんだ。と言ってもただのキャンプ用品で、薪割りとかに使う道具だけど。ネットで調べたら職務質問されるケースもあるらしいので、会社云々よりもこっちのほうが困ってる。
《【ストレス耐性】ＬＶ１を自動取得しました》
《ストレス耐性がＬＶ２に上昇しました》
うん、うるさいね君は。どきっとするから黙ってて。

というかさぁ、モラル的なものに耐性をつけちゃってどうすんだよって話でさ。人として大事なものを失っちゃうじゃん。今だってかなり適当な奴なのに、これ以上図太くなったら困っちゃうだろ？　いや別に俺は困んないよ。だって困るのは会社とかの連中だもん。

なんて思うけど耐性というのもやっぱり本物らしくて、胸のドキドキがほんのちょっとだけ静まってくれた。

背もたれに寄りかかり、こつんと頭を窓ガラスに当てる。

そしてリュックを抱いたまま「何やってんだろ俺」という意味のため息をひとつした。

ごおっと車内に音を響かせて、電車は地下から地上に出る。外からの反響音が無くなって静かになると、窓の外を眺めるような余裕も出てくる。

夜間にも関わらず都心のビル群はたくさんの明かりを放っていて、それはまるで小さなころに見た「未来の東京」というＳＦじみた世界そのものだ。学生のときは綺麗だなと呑気に思ってたけど、大人になると少しだけ価値観が変わって、前よりほんの少しだけ夢が無くなった。

会社をサボりまくって斧を持った奴が本当に大人なのかは分からないけどさ。え、それ以前の問題？　ごもっともですね！

壁に貼られた「不審物に注意」というポスターを眺めながら歩いて、そのまま改札も通り抜ける。こういうときは定期券がありがたい。あと2カ月という短い命だけど。

きょろりと周囲を眺めると、辺りに見えるのは梅ヶ丘という駅名とロータリー、そしてまだ明かりをつけているスーパーだ。寒々しい街灯を眺めて、安堵《あんど》する日が来るとは思わなかった。

「ふー、やっと自由の身になったぜー」

ほっと安堵の息を吐いて、清々しい空気を吸い込む。まったく、これならエロ本を隠し持っていたほうがまだマシだ。まあ実際は路上のほうが職質されやすいんだけどさ。

そこのコンビニに寄って行きたいところだけど、スマホを見れば時間も無い。よいしょとリュックを背負い直すと、そのまま商店街を通り抜けることにした。

「えーと、羽根木公園ってどこだー」

ぼんやりと顔を照らされながらスマホのナビを頼りにテクテクと二車線道路を歩いてゆく。

信号を渡って裏道に入ってゆくと、辺りは閑静な住宅街という雰囲気に変わった。せいぜい5階建てくらいの背の低いマンションがまばらに建っており、あちこちにある街路樹もまた23区内で最も人口の多い世田谷らしい感じだ。

「いいなー、こういう場所も住んでみたいなー」

あ、斧を持った女だとさすがにお断りされるか。

ちょっとだけ上品だけど、やっぱりどこからどう見ても普通の街並みだ。これからモンスターが出て来るとは思えないし「なにしてんだろ」という気持ちが強くなる。目的地の公園だって徒歩5分と実に近くて、そのお手軽さもまた冒険気分には程遠い。

どっしりとした大木を眺めながら手すりつきの階段を上り、目的地の羽根木公園に入ってゆく。通りにはまだ人通りがあるけど、帰宅を急いでいるのか公園など見向きもしない。もう少し奥に歩いてゆくと街灯は届かなくなり、そして俺以外は誰もいなくなった。

「うへへ、そろそろこいつの出番かなぁー」

にやぁと意味もなく悪者風の表情をして、リュックから得物を取り出す。だって一人で寂しいし、こうやって盛り上げていないと泣きそうなんだもん。

さて、こんな物騒な得物を持ち、誰もいない公園にやって来たのには訳がある。ここにあと10分ほどでモンスターとやらが出現すると、俺のパートナーらしき夜の案内者《ガイダンス》というよく分からない奴から教えられているのだ。

え、説明が全部ふわっとしてる？　知らないよ、俺だってそれしか聞いてないんだもん。どっちにしろあと10分足らずで、それってガセじゃないの？　ほんと？　なんて疑問は解消されると思うよ。

荷物をベンチに置き、ぱしっと柄を掴んでから雑木林に歩いてゆく。

んー、魔物ねぇ。前に聞いた感じだと最初は小さな個体から出現するらしいから、もし本当に出たとしても弱くてちょっと可愛い感じじゃないかな。メルヘンチックなやつ。スライムとかコボルトとかそういうの。ちょっと甲高い声でキーキー鳴いたりするやつね。

んで、その護身用として選んだのは、米国製のゴツいやつ、アウトドアの薪割りで大活躍をするロングアックスだ。こいつは鋼の一体成形なので過酷な扱いにも耐える作りをしている。だけどまさかモンスター相手に働くことになるとは思っていなかっただろうよ、へっへっ。

柄の長さは66センチとまずまずあって、重さもズシッとしており迫力満点だ。んー、はやくこいつを活躍させたいぜ！　おっと物騒なことを口走ってしまった。薪割りだ、薪割り。これから楽しい薪割りをしなきゃあな。げへへ。

なんてな、浮かれている場合じゃなかったよ。


夜の案内者《ガイダンス》に導かれるまま、林に入ったときだった。

公園の明かりもあんまり届かないけど、足元を何かが通り過ぎて行くのを感じたんだ。

最初はネズミかなーと思ったけど、もっとずっと小さくてイガ栗みたいに棘《とげ》だらけだった。

なんだこりゃ、とか思ったよ。

そいつらがさ、ぞろぞろと木の幹を駆け上がってんだよね。んで、俺の目線とちょうど同じくらいの高さの枝に、でっかいスズメバチの巣みたいなのをせっせとこさえてた。あれが真っ黒くなって、小さいのがウジャウジャと数えられないほど這いずり回ってる感じ。夜の10時に。

はい、テンションダウンでーす。

ぞっとしたし気持ち悪いよ、これ。

最初に出てくるのは弱い魔物だって聞いてたのに、こんなにウゾウゾしてたら誰でも鳥肌が立つって。まだ結婚もしてない俺がですよ、何を考えて斧を片手にうろうろと公園を歩き回ってんだって話だ。うーんこの。

　これじゃないよね、魔物って？

《ギズモと呼ばれる集合体の魔物です。周囲の生物を捕食して成長をしますが、今はまだレベル2です》

　あー、はいはい、そうですかー。

　分かりましたよ、やってみますよ。せっかく買った斧なんだし、使わないともったいないもんな。他に使い道なんて無いし……え、薪でも作れるって？　正しい使い方ですね！

　ぎゅっと柄を掴み、ゆっくりと一歩ずつ近づいてゆく。自分でも分かるくらい腰が引けてるし、帰りたいという気持ちで一杯だ。そろりそろりと近づいてゆく姿も、俺の雑魚《ざこ》臭が半端無い。

　えーとね、弱点は？

《闇属性以外が有効です。集合体ですが、本体は巣の部分であり物理的に破壊可能です》

　闇ってなんだよー。消費者金融とかの世界かよー。

　よし、やろう。さっさと終わらせてすぐに帰ろう。イメージとしては、えいやーサクッと斜めに振り下ろす感じ。どかーっと破裂してハッピーエンド。これね、これで行こう。

「お、おーし、やるぞー。みてろよー……」

　そう口から漏らすと、ぴたっと奴らは一斉に静止した。じいっと無数の視線が集まっている気がするけど構うものか。俺のロングアックスは1．5キロもあるんだぞ！

気合いを入れて、ぶうんとそれを振り下ろした。

――どふっ！

埃《ほこり》みたいに真っ黒い煙が出て「やったか！」と俺はフラグっぽい言葉を漏らす。しかしすぐさま奴らは無数に飛び立ち、ブオオン、ブオオン、と威嚇してきやがった。

ひゃあ飛んだ、おっかねえ！　怖すぎるって、マジで！

「へへへ、俊足《ヘイスト》おおお！」

ドッと加速をし、すぐさま木の根っこに足をひっかけて俺は転んだ！

膝を思い切りぶつけてしまっても、痛い痛いとさすれもしない。だって俺の尻をめがけてギズモなるゴミ虫どもがやって来たんだ。

てめえ刺す気か！　俺の尻をブスッと刺す気かお前らはよお！

「じょ、冗談じゃねえぞお！」

急いで立ち上がり、転がっていた斧をパッと掴んでから俊足《ヘイスト》を発動した。


はー、と今日何度目かのため息をつく。

どうやら俺としたことが完全に舐めていたらしい。

奴らは本物の魔物とやらで、林に身を隠している俺を探し、ブンブンと夜の公園を飛び回っ

ている。とっても怒ってる感がすごいし、聞いていると腰の辺りがぞわぞわする。まったく、ちょっと巣を突いて壊しただけだってのに面倒な奴らだぜ。
音が反響しまくっていて数は不明だけど、たぶんかなりいる。たまたま1体が飛んでいるのを見かけたけど、栗みたいに棘だらけで、どうやってあれが飛んでいるのかさえ理解できない。
《俊足《ヘイスト》がLV3に上昇しました》
《【恐怖耐性】LV1を自動取得しました》
《恐怖耐性がLV2に上昇しました》
などという案内を聞きながら、俺はなるべく冷静になろうと努めた。
想像とかなり違ったけどあれは本物のモンスターだ。あんなの見たことないし、自然界が生んだ突然変異なんてわけがない。
とはいえ逃げるのはどうも性に合わないんだよなぁ。お金をかけて得物を用意し、緊張しながらここまで来たってのにさ、なんの成果も得られないわけにはいかんでしょ。
さっきの1発、どれくらい体力を削ってる?
《21%です》
うーん、あと4発で倒せるか?
木の陰から、そーっと眺めてみると傷ついた巣らしきものが見える。
俊足《ヘイスト》を使ってヒット&アウェイでどうにかならんかな。でも刺されたら痛そうだし、ちょっと嫌だぞ。かといって放っておいたら巣がさらに大きくなりそうな感じもするし、うーーん。

「君、何をしている！」

「うびゃあ！」

ぽんと肩を叩かれて、ビビクン！　と全身が痙攣《けいれん》をした。あまりに大きな痙攣で、腰がちょっと痛くなるレベル。ほうほうと変な息を吐きながら、俺は振り返った。

そこには紺色の制服を着た中年男性がおり、背後にはライトを持った奴もいる。独特の帽子を見るまでもなく――――最悪すぎる、最も恐れていた警察官との遭遇だ。

対する俺はというと、腰を抜かしかけてプルプル震えており、膝から下なんて血だらけの泥だらけ。手にした得物、ロングアックスが悪い方向へのアクセントになっている。

数秒ほど相手は「俺が何者か」を観察してたみたいだけど、やっぱり理解不能だったようで眉間に皺《しわ》を寄せていた。

「こんな時間に何をしているんだね、君は？」

「別に怪しい者では……そこに蜂の巣みたいなのがあって、どうにか駆除できないかなと」

そうなの？　という表情をもう一人の男性は浮かべて、手にしたライトを暗がりに向けた。

3人とも黙ると、すぐにブン、ブオンと嫌な音が聞こえてくる。ただしそのライトを巣に向けたのは、俺なんかが思うまでもなく最悪な行動だった。

「本当に蜂？　羽音が大きいよ」

「あれ、田所《たどころ》さん。頭になにかついてる？」

「んっ？」

さくっという音と共に、黒いイガ栗が側頭部に張りついた。俺も目を疑ったよ。警察官の頭の反対側から五寸釘みたいなのが飛び出してるんだもん。もう2体が首と顔面に張りつくと、警察官はライトを持ったまま「あっあっ」とだけ痙攣しながら声をあげた。

《ギズモのレベルが3に上昇しました》

ぶわりと汗が浮かぶ。こいつら見た目によらず攻撃力がある。いてっ、刺されちゃったよー、最悪ー……なんて言えるレベルじゃない。

《闇属性の貫通攻撃を有しています。対応技能《スキル》が無ければダメージは甚大です》

《恐怖耐性がLV3に上昇しました》

おいおいおい、ちょっとした拳銃くらいの殺傷力があるぞ、これ。舐めていたどころじゃない。かなりおっかない敵だった。

逃げる？　殺《や》る？　どうする？　いやもう今しか無い。意図せずあいつが囮《おとり》になっているし、もしもここで逃げたら俺は二度とモンスターとやらに立ち向かえない気がする。ついこのあいだみたいに部屋でぶるぶる震えて過ごすだけの、どのみちアウトな人間になっちまう。

もう一人が地面のライトを拾い上げたのを見て、すかさず俺は駆け出した。

「そのライトを捨てろッ！　俊足《ヘイスト》ッ!!」

背後から響く「わっ、わあああああッ！　いづッ！　いッだあッ！」という嫌で嫌で耳を塞ぎたくなるような声を聞きながら、俺は技能《スキル》を行使した。

地面を思い切り踏み、びょうと耳元を風が抜け、たったの3歩で「巣」に辿り着く。バットのようにロングアックスを振りかざし、狙い外さず真横へのダメージを与える。その結果を観察する前に、ふしっと排気のような息をひとつしてすぐさま次の行動を選択した。

囲まれる前に、このまま通り過ぎる！

さっきと同じ歩数ぶんを走り、ざざあと砂埃を立てて木陰に身を滑り込ませた。

そーっと眺めてみると……駄目だ。さっきの警察官の頭が倍くらいに膨れ上がってやがる。ああ、違う、栗みたいなのがワサワサたかってるんだ。ぐうっ、あんな腕をバタつかせた姿なんて怖すぎるっての！

クソ、死ねよ！　死ね！　ふざけやがって！　と俺は激昂してゆく。

これはあんまり良くない傾向だ。打開策を何も生み出さずに感情だけが先走っている。こういう状態のとき、負けやすいというのを俺は知っている。

ごつんとアックスの柄を額にぶつけて、痛みをじっくりと味わう。それから深呼吸を繰り返した。思っていたよりも呼吸が荒かったので、先ほどは単純なパニックを起こしていたのだとようやく分かった。

ふううと息を吐き、それから心のなかに呼びかける。

……今の攻撃でどれくらい減った？

《ギズモのＨＰが合計で32％消失しました》

やっぱなあ、そういう嫌な情報があると思ったよ。２撃目の減りがずっと少ないのは、あいつが警察官を倒してレベルを上げてたからだ。

感情に任せて飛び込んでいたら、たぶん俺は負けていた。いや分かんないよ、勝ったかもしんない。だけど頭に「たまたま」という言葉がつくし、次に繋がる勝利じゃない。そして嗅ぎとれるピリッとした空気は、次に繋がる負けは無いのだと告げていた。まあな、サッカーじゃないんだし。

モンスターってのが何なのか今の俺には分からない。分かっているのはこちらはレベル１とやらで、対するギズモは３とか４とかの格上だ。さらに最悪なことに俺のヒット&アウェイ戦法を見破ったのか、数体の魔物で「巣」への道を塞いでいる。くっそ、虫のくせに知能もあるのかよ。

俊足《ヘイスト》の残り歩数は22。最初びっくりして逃げ回ったせいでだいぶ減ってしまった。さてどうする。今ならたぶん逃げきれる。だけどあと10歩も消費したら、もうどうなるか俺には分からない。

フスーと息を吐く。

まあ、殺ろう。それだけは決めよう。俺はあいつを倒す。

怖いしおっかないけど、俺は負けるのが大嫌いなんだ。周りの奴らにバカだと思われながら、裏ではじっくりと準備をしてテストでも運動でも負けなかった。お前がバカですよって言うためだけに。だからここでも俺は勝つんだよ。

《称号を取得しました。【挑戦する者《チャレンジャー》】がステータスに追加されます》

はいはい、うるさいですよ。それよりもガイド君、あいつらを避けて「巣」に辿り着くルートとかって分かる？

《思念だけでなく視覚とのリンクも必要です。リンクを拡張しますか？》

ほんと？　やるじゃん君ぃ。ぜひともお願いします。なんでもすぐに頼るとか情けないけどさ、打てる手はいくらでも打っておかないとね。

《リンク拡張を開始します。成功しました。移動可能なルートを表示します》

暗闇のなか、ぼんやりと明かりが灯る。これがそのルートなんだろうけど……本気？

俺はたらりと汗をかいたが夜の案内者《ガイダンス》は沈黙を守るきりで、ジョークだと告げられることは無かった。

真っ暗な雑木林に、俺は身を隠している。

全身は汗まみれ泥まみれで、湿気もあって息苦しい。

いつもならシャワーを浴びたいなーとか思うけどさ、目の前に3割くらい体力を削ったモンスターがいたらそうもいかんでしょ。

ぎゅっと握りしめた薪割り用の斧は心強い。やっぱり破壊用の武器はメイドイン・アメリカだって分かんだね。そんな俺はどこからどう見ても不審者だけど、ブン、ヴォン！　とでっかい蜂みたいな羽音をする魔物、ギズモのほうが厄介だと思うよ。

まだ正確な位置までは知られていないらしく、奴らは本体である「巣」を守るように等間隔で飛び回っている。もうひとつ、目の前にぼんやりと光る道みたいなのが俺にだけ見えていた。

それは木々のあいだを通り抜け、道が途絶えたと思ったら離れた木の幹、また異なる枝というふうに点々と続いていく。

夜の案内者《ガイダンス》とやらによると、これが魔物たちを通り抜けるためのルートらしいけど……地面じゃなくて木が光ってるよ？　頭おかしいの？

まあいいや、やってみて駄目なら違う手を考えよう。女はさ、度胸が無いと社会でやってけないんだよね。思い出せ。社長への直談判に「たのもーう！」とドアを開けた日を思い出せ！

――ドッ！

木陰から転がり出た俺は、俊足《ヘイスト》を使って1歩目でトップスピードへ。

地面を蹴り、飛ぶように進む。頭をかすめてブオンと通り過ぎる影があるのは、なかなかに恐ろしいもんだ。

ダメだ、思い出すな。さっくりと頭を刺された警官のことは忘れちまえ。モンスターだかエイリアンだか知らないが、ポッと出のウニみたいな奴に気持ちで負けてんじゃねーぞ後藤。ありったけの勇気、出て来いや！

気がついたら俺は叫んでた。

「ファイト～～!!」

がつんと木の幹を蹴る。跳躍をして暗闇を飛ぶのは初体験で、思わずテンションがアガる！うん、ちょっとだけターザンの気持ちが分かったわ。露出趣味があって無職の男を、まさか理解する日が来るとはなぁ。

「いっぱああ～～～～っ!!」

もう一度、木の枝を蹴ってグンと飛ぶ。もちろん今のも俊足《ヘイスト》を使っており、もはや人ではない跳躍になっている。びょうびょうと耳元では風が鳴り、暗さも相まって加速感がハンパ無い。どうやら俺は成功したらしい。真上から「巣」へ辿り着くというルートを辿れたのだ。

「どっせい!!」

これまでの鬱憤を晴らすべく、思っくそ斧を真上から叩きつけた。

ブシャッと弾ける「巣」に喜んでいられる余裕なんて無い。背後から迫ってくる複数の羽音、それは奴らの殺傷力を知っている身としては、うなじの毛が一斉に逆立つほどの圧迫感だ。とはいえ俺の足は着地の衝撃で痺れていて、すぐに移動するのは難しい。

だったらもうやることは決まっている。

「フンッ！　フンッ！　フンフンフンッ！」

がむしゃら攻撃だ。

雄々しく力強く、1．5キロのロングアックスを振り回す。

何となくヤバいと感じて、上半身だけを左右に振る。やはりこのイガ栗どもは頭部を狙う習性があったらしく、ボヒヒッと嫌な音を立てて数匹ほど通り過ぎていった。さっきの警察官も同じところを集中攻撃されていたからなー。

《称号を取得しました。【野性の直感《ワイルドスター》】がステータスに追加されます》

そういえば「犬みたいだなお前は」と言われたことがあったっけ。そう言った奴に噛みついたら「狂犬」なんて称号をいただいたという、ほんと下らない記憶まで出てきた。

などという忌々しい回想ごと潰すべく、腰の捻りを効かせたフルスイングを叩き込む。

「おおおっらあアッ！」

一撃はそのまま反対側まで抜けて、ドッ！　と真横に黒煙を吹き出す。それは「巣」を輪切りにする一撃で、やがて重力に引かれて落ちてゆく。

とたんに、ビシリと「巣」は震え、あらゆる角度からひび割れ始めた。崩壊と言うべきなのか、宙を飛んでいたイガ栗たちも同じで、一斉にぶわっと強い突風を放つ。

「うぶっ……！」

腕で顔をかばって耐える。

息ができないほどの突風と、周囲に飛び散る魔物の破片。

オンオンと空気を震わせて、やがて元通りの静寂の世界が戻るまで数秒を要した。いま聞こえるのは、ぜっぜっという俺の激しい呼吸と心臓の音だけだ。

いや、それに加わる声がある。

《格上に勝利しチャレンジが成功しました。ポイントと経験値、ドロップ品にボーナスが与えられます》

《後藤のレベルが2に上昇しました！》

《後藤のレベルが3に上昇しました！》

《職業《ジョブ》候補に【戦士《ウォーリアー》】が追加されました》

《俊足《ヘイスト》がＬＶ４に上昇しました》

早い呼吸を繰り返し、袖で汗をぬぐう。

ボーナス……とっても良い響きだね。最近は不況だから給料アップも雀の涙だし。ってそのことじゃないか。

尻の汚れを払いながら立ち上がると、先程の「巣」は残骸と化していた。溶けたクズ鉄みたいにガサガサで、触れてみると想像していたよりもずっと硬い。

問題は、これだ。

どう見たってモンスターだった。

ガイド君の言っていた魔物とやらは本物だ。そして予告通りの場所と時刻に生まれ、しかもこれから続々と新手が来るらしい。雑魚なんて思えないほど強かったし、俺だって死にかけた。向こうでは実際に2人が死んでいる。

フスーと息を吐く。

勝利に喜ぶような余裕なんて無い。

最初はレベルの低い奴らから出現するらしいが、今のギズモでもかなりの強さだった。

俺は負けず嫌いだし、何事からも逃げなかったのは数少ない取り柄だ。もし許せるとしたら一時撤退までだろう。だから嫌だろうと無理だと分かっていても、勝てる方法をじっくりと考える。ほんと気持ち悪い女だよ。魔物の残骸を見下ろして、ずっと攻略法を練ってるんだもん。産んでくれたお母さん、ごめんなさいね。

「そうだ、さっきの人は……」

ふと我に返って、先ほど警察官のいたところまで歩いてゆく。

もしかしたらと思ったけど、やっぱり駄目だった。尻餅をついたように座っており、もう一人もうつ伏せのままピクリとも動かない。その様子を見たら溜息しか出てこないって。

は～～と息を吐きながらうずくまる。

「ンもー、どうすんだよ。通報したくっても説明のしようがないじゃん。こんなの弁護士からも困惑顔されちゃうよおー」

困った困った、どうしよう。いや、一番困っているのは通報のことじゃない。気にしているのはあっちで転がっているモンスター、ギズモのことだ。

これ、一般人が勝てると思う？

たぶん真面目にやってもかなりの犠牲者が出るし、考えるだけでゾッとする。

それに市役所か害虫駆除業者かは知らないが、調査をし、駆除を始めるまでにかなりの日数を求められるだろう。そのあいだにきっと別の新手がやって来る。

確かにね、拳銃とか持ち出せれば勝てるだろうさ。現代兵器は斧なんかより強いからな。でも市街地でドンパチするのは手続きがかなり面倒だと思うよ。

その薪割り用の斧は、よく見ると刃の一部が欠けていた。かなり荒い使い方をしたせいだ。あとしばらくしたら完全に使い物にならなくなると思う。

刃の欠けた斧を、俺はじっと見る。

今はまだいい。壊れたって買い換えれば済むからな。だけどこの先、物資が切れたときも余裕でいられるだろうか。いま手にしている斧のように消費する一方なら、遅かれ早かれ俺はアウトなんだ。

「……ガイド君、倒した敵の有効活用とか、なんか無い？」

気がついたら俺はそう尋ねていた。これから生き残るためには長期戦として考えるのが正解だと思う。食料や水の確保は当たり前として、それ以外にも得るものが欲しかったんだ。

《素材や魔石の獲得があります。どちらも武器や防具、アイテムへの加工が可能です。魔石は稀《まれ》にドロップするもので、魔物の特性が記録されています。今回はチャレンジ成功のボーナスにより確率が向上し、ドロップしました》

え、マジで？

言われた通りに巣の残骸をほじくってみると、黒く輝く宝石みたいなものが見つかった。卵くらいの大きさで、鋭角なカットが刻まれているやつ。

「ふーん……なんか価値がありそうな感じ。素材ってのは、このまま残骸を持ち帰るのか？」

《収集した素材は加工が必要です。残骸をそのまま持ち帰ることもできますが、加工した場合は不純物を取り除くため大きさが１％ほどに減ります》

あ、そう。良かったー。こんなのを抱えて電車には乗れないしな。じゃあ早速、加工技能《スキル》を貰っておこうか。すぐ取得できる？

《可能です。【素材収集《コレクト》】ＬＶ１を取得しますか？》

もちろんイエスで。

本当は戦いに関する技能《スキル》で埋めたいけど、そうもいかんでしょ。これからモンスターがうじゃうじゃ出てくるような世の中になるんじゃあさ。

どうやら２レベルアップで得たポイント数は15だったらしく、取得した技能《スキル》と差し引いて残り10ポイントとなった。

教えられたまま闇夜に手をかざすと、巣やイガ栗の残骸は光りだす。青白い光が流れ星みたいな軌跡を残して、ひゅんひゅんと俺の手に集まってくる。それを握ると角砂糖みたいな形をした黒いもの物が、ガチャチャと手のひらに転がった。

こういう所がやっぱり現実離れをしているなと思うよ。ファンタジーとでも呼べば良いのか、どうも現実感が足りなくて足元がふわふわしてる感じ。

結果、得たものは魔石ひとつと素材がいくつか。まだどんな使い道があるかも分からないけど。

ん、いい加減帰るか。そう考えた俺は、生きる者のいない静まり返った公園に背を向ける。

それから駅の公衆電話で「なんかぁー、公園がぁー、チョー騒がしいんですけどぉー」と女子高生っぽい口調で通報をして、まっすぐ家に帰った。

RESULT

# 後《ご》藤《とう》静《しず》華《か》

| | |
|---|---|
| レベル | 1➡3 |
| 職業《ジョブ》 | 未選択 |
| HP | 15➡24 |
| MP | 2➡5 |
| 攻撃力 | 12(3)➡16(7) |
| AC | 3(2)➡4(3) |
| MC | 0➡0 |

※カッコ内は武器防具の補正値なしの数値
※AC=アーマークラス。対物理耐性。
※MC=マジッククラス。対魔術耐性。

## 技能《スキル》

**【継続治癒《リジェネレーション》 LV2】**
手で触れた傷を継続的に癒す。他者への治癒効果は半減する。回復量は、使用者のHP数値により変化する。12時間で再使用《リキャスト》可。

**【俊足《ヘイスト》 LV4】**
通常時よりも早く移動できる。レベル上昇により、速度、歩数の向上が可能。

**【素材収集《コレクト》 LV1】**
倒した魔物から素材を得る場合がある。レベル上昇により、高レベルの魔物からの素材獲得も可能。

## 補正技能《スキル》

暗視LV2
恐怖耐性LV3
ストレス耐性LV2

## 称号

**【挑戦する者《チャレンジャー》】**
格上を相手に勝利した場合、ポイント、経験値、ドロップ品を多く獲得できる。

**【野性の直感《ワイルドスター》】**
ここぞという時に実力を発揮する。

# 第三話　戦うための力

さーて、ギズモとやらと戦って、家に帰ってきたぞー。膝なんてビリビリのずるんずるんで、かなりテンションが落ちてるけどな！

もうすぐ日付が変わるような時間帯だし、さっきまでやっていたことも公園で走り回って斧を振り回すという夏休みの小学生も真っ青な遊びっぷりである。

おっと、そういえば今の俺って治癒ができるんだっけ。

どれどれと膝に触れて継続治癒《リジェネレーション》を使ってみると、すぐに傷口から煙が出てきた。もうほとんどカサブタになっていたけど、それがポロポロ落ちてゆく。ピンク色の綺麗な肌が現れるのはすぐだった。

消毒をしなくて済むのは楽チンだけど破れたズボンは直らないか。ま、しゃーない。傷が癒えただけでも良しとしよう。んで、ポッケに入れていた素材や魔石を机に置く。ごとりと重い音をたて、そいつらは蛍光灯の明かりを反射して輝いた。

角砂糖みたいなのが6つ。指で摘まんでみたらズシッと鉛みたいに重い。それと卵くらいの大きさをした宝石みたいな奴がひとつ。これだけで宝石として売れそうな感じがする。まだ使い道も分からないけど、これが今夜の数少ない戦利品だ。

それを眺めながら、ぎしっとリクライニング機能付きの椅子にもたれかかる。思っていたよりも疲れていたらしく、身体が重いったらない。このまましばらく起き上がれなさそうだ。目の前には安物のパソコンと小さな本棚があるけど、どちらにも手を伸ばす気にはなれなかった。

「あ――、魔物が嘘情報だったら良かったのにな。ん、ガイド君、次の魔物はいつ出る？」

《明日の21時20分です。場所は……》

前は出現するまで2日あったのに、今回は1日か。んー、ペース早いなー。

まあ、それはいいよ。半年で人類側が負け始めるって聞いてたんだし。それよりも今後の身の振り方をぼちぼち考えないと。

前にも軽く悩んだけどさ、会社で働いて普通の生活をするか、あるいは自衛手段を整えて俺だけ楽しい生活を送るか。そのどちらかを決めないといけない。

じゃ、会社やめまぁ――す。

え、ノリが軽い？　だって、あんなとこに通いたくないんだもん。こうしてちょっと背を押されただけで俺なんかコロリよ。

別に冗談でも何でもなくて、本当にモンスターが出ると分かった以上、あまりのんびりとしていられないと思う。ガイド君が言うには半年後に現代兵器も効かなくなり、モンスターが闊《かっ》歩《ぽ》し始めるんだって。そんな世界の終末に、たったレベル3の女が生き残れるとは思えないじゃん。

実りある終末生活を送るには、モンスター退治も真面目にやる必要があると分かった。そういうわけで近くの紙を手にして、さっさと退職願を書き始めることにした。

え、行動が早い？　だって会社勤めとか飽き飽きなんだもん。

もしも「任されている仕事があるから」とか「他の人に迷惑が」なんて考えているのなら、そんなのは気にしなくて良いと思うぞ。人がいなくて困るのは会社であって、どうにかしないといけないのも会社だ。

頑張って働け。俺が何もしなくても裕福な暮らしができるように、有休を使わないで休まず働け。ミスをするな。たくさんの利益を死ぬ気で出せ。あ、可能な限り給料下げるね……って上の奴らは考えてるよ。

もちろんそれは俺の主観だけどさ、下にいる人間ってのはどうしても限界まで利用されちゃうんじゃないかな。可哀想にね。などと完全に他人事として考えているせいか筆は快調そのものので、ごりごりと紙面が埋まってゆく。

退職願を書きながら、他の選択肢についても考える。

「ふーむ、この危険な状況を通報すべきかなあ」

仮に「これから魔物が溢れてきますよ」なんて言ったところでまず信じてもらえないだろうけど、俺の技能《スキル》は少しばかり常軌を逸している。これを見せればちょっとだけ上の人も考えるかもしんない。

でもそうしたところで「確かに足が速くて傷を治せるみたいだけど証拠にはならないよね。どうしてそう思ったの？　何で？」って言われちゃう。そのとき「頭の中から声がしてー」なんて言ったら確実にアウト。鼻で笑われちゃうレベル。さすがにね、人体実験をするようなアホはいないと思うけど、小遣い稼ぎでマスコミに流すようなバカはたぶんいる。

そんなリスクを犯しながら偉い人から偉い人に紹介されるたび、ちょっと早いスキップをしたり治療を披露するのも何だかダルい。不謹慎だが、ある程度は世間的な騒ぎになってから伝えたほうがまだ楽だ。でもその頃になると「なんで早く言わなかった！　お前のせいで……」って怒られちゃうんだよね。だって大人は誰かの責任にしたいから。

ああん、非常ぉ――にダルい。考えれば考えるほどダルい。

なので、俺としては変に動き回らず「自衛のための活動」に専念したい。

キャンプ用品や拠点づくり、移動手段なども整えておかないと、たぶん後々ヤバい。考えてもみろ、そのうちスーパーなんて空っぽになるんだぞ。石油だって電気だって同じことだ。

真っ暗な大都会。

膝を抱えて想像すると少し怖くて、なぜかちょっとだけワクワクする。

知らない世界が待っているように感じているけど、実際そんな状況になったら平和が一番だと思うんだろうな。震災とか本当にそんな感じだったしさ。あのときはちょっとだけ世界が灰色になった気がしたんだ。

ん――、とりあえず俺の貯金、５００万は躊躇《ちゅうちょ》せず使っていくか。たぶんもうすぐ金の価値なんて無くなるだろうし。足りなくなったら無人がどーのって場所で借りればいいや。

などと思ったところで、今の考えこそ現実味が足りていない気がした。

金の価値は本当に無くなるのだろうか。

その疑問が浮かぶと、退職願を書く手はぴたりと止まった。

この疑問は何気に興味深い。考えてもみろ、お金という文化が始まって、もう五千年くらい経ってんだ。アホかよってくらい長い。それくらい人類という群れにとって、生きていくために必須な文化なんだ。

もしも金が無ければ物々交換、ないしは暴力的な解決が増えていくんじゃないかな。力関係によって片方だけが得をすることも多い気がする。どこにでも牛耳ろうとする連中はいるしさ。

でだ、人間は――というより日本人はそう馬鹿じゃない。いちいち血を流しておにぎりを手に入れていられるかって話で、どうにかして「お金」という文化を取り戻そうとするはずだ。

そのとき紙よりも価値があるものって何があると思う？　宝石や純金でも平気そうだけど、今度は希少価値のせいで流通せず、おつりが出せない事態になりかねない。

「製造せずとも数を揃《そろ》えられて、単体でもそれなりに価値があるもの」

そう呟きながら、俺は魔物から得たばかりの素材に触れる。四角いサイコロみたいな形をしており、見た目よりずっと重い。ライトに当てると幾何学的な模様が浮かび上がって、なかなか綺麗だなと俺は思う。

　ガイド君はこの素材を武器や防具、それからアイテムに加工できると言っていた。倒した魔物から得ることができるとも。

「なるほど……たぶんこれだ。価値があり、偽物を作りづらく、持ち運びができて、ある程度は市場に流通するくらいの量が約束されたもの」

　分からないが、これは未来のお金になるかもしれない。まだ誰も知らないけれど俺の手の中にだけは存在している。いつの日か、これが世界に流通し始めるような気がする。

　先ほど俺が言った「金の価値は無くなる」という考えよりも、このほうがよっぽど現実的だ。そう思うと初めて手にした素材は実に感慨深い。

「ふうん、ならちょっとだけ面白そうかな」

　ちょっとね、わくわくした。

　俺の知らない世界が広がりそうで、社会が崩壊する前よりも賑やかになる気がしたんだ。集団でモンスターを待ち伏せして、貴重な素材を手に入れたりするような逞《たくま》しい姿をさ。そんなのはただの浪漫であって、現実はとても残酷だろうけど。

　憂いを払うように、ぎゅっと素材を手で握った。

「なら、いま考えるのは拠点だな。物資が保管できて、雨風をしのげて眠れる場所」

　あらかた書き終えた退職願を机に放ると、また異なる問題について考え始める。

あぐらをかき、椅子の背もたれに体重を預けながら俺は天井を見あげた。そういう場所をガイド君に教えてもらっても良いけど、たまには頭を回転させて遊びたいんだよね。斧を振り回したせいか頭が冴えてしまって、すぐに眠れなさそうだしさ。

軍事基地のそばなんてどうだろう。アメリカとかの国が駆けつけてくれるだろうから、まずの治安と物資が約束される。

だけど引っ越しとか物件を漁るだけで面倒臭すぎるし出費も馬鹿にできない。それに安全な場所には人もたくさんやって来るので、実はそれなりに危ない。

スラム化して俺まで身動きできないのは嫌だなぁ。人も魔物も少なくて、物資の補給までできる地域が理想的だ。まあ普通に考えれば「海外に行けよ」って話だけどさ。それはそれで今度は現金が足りないときた。せちがらいねぇ。

ガイド君、ぴったりの物件とか無い？

あっさりと俺は前言を撤回した。だって面倒臭くなっちゃったんだもん。

《国内の施設を検索します。成功しました。検索結果は膨大に存在します。刑務所など外部から隔離された施設、一階部分を破壊したビル、孤島……他にもありますが、数カ月後には人類は立てこもり用の拠点作りを開始します。今ではなく、そのときに物色されては如何《いかが》ですか？》

あ、そっか。別に俺が作らなくてもいいんだ。となると物資を運べるようにだけしておけば良いのか。頭いいなー、お前。

《それと軍事基地の周辺はお勧めしません。多くの市民が詰めかけて身動きが取れなくなります。関係者として内部に入れるのであれば有効な選択です》

あっそうー、俺もそうだと思ってましたぁー。

じゃあとりあえず貯金を下ろして、キャンプ用品とかをネットで購入しますかね。移動時は身軽にしたいし、長期保存できる水と食料、それに寝袋も……くっそ、金を遣うのってメチャクチャ楽しいな。

なるべく良いものを見比べて、あれもこれもとショッピングカートに放り込んでゆく。

ちょっと悩むのは発電機だな。あるに越したことは無いけど、そもそも電気がいるのかって話だ。俺の家だけ電気で明るいー、わーい快適、とはならんだろうし、そもそも発電用の燃料もいる。買うことが決定しつつあるバイクを電気式にしたら活かせるか？　いや、それだってドルドル発電機を動かして、何時間も充電させていられんよ。ずっと見張ってるわけにもいかないし。

もしも流通が完全にストップするとしたら、トイレットペーパーとかお米とか煙草とか酒とか、そういうのって価値がめちゃくちゃ上がりそうね。そこまで考えると今度は個人用の倉庫とかも用意しないとだからパスだけど。

あとたぶん目立つと面倒になって来るのは人間だ。少なくとも拠点が決まるまでは、ひっそりと静かに過ごしたい。アメリカの家みたいな地下室でもあれば少しは楽だったのに。

「ま、しばらくガソリンは平気か。どちらにしろすぐに世界は変わらないだろうし」

というわけでバイクを買うのも決定しておこう。

そしてネットショップのほうでもとりあえず最低限の道具は選び終えたので、ちょっとドキドキしながら購入完了のボタンを押す。10万越えの買い物なんて久しぶりだぞ！　それよりも明日はバイク選びで忙しいからな！　サバイバルの練習もしておきたいし、ちょっと遠出して一人でキャンプとかしてみちゃう？　くっそ、楽しい。なんだこれ。ウキウキが止まらなくて、ちょっと困ったぞ。もうっ、もうもうっ！

なんか知らんけど大量の買い物ってすごく楽しいね！

不思議なくらい満足した俺は、しゅぱっとシャワーを浴びて、そのまま素っ裸で寝た。

★★★★★

さーて朝だ。今日は楽しい楽しいバイク選びの日だぞ。

などと俺はガッツポーズと共に目を覚ます。ニートの朝は早いのだ。

穴だらけで血のついたズボンはもう穿けないので、適当にその辺の服で身を包む。ぴっちりした長袖シャツなどを着こみながら、くあーっと欠伸《あくび》混じりに外へ出た。パンツが見えていても気にしないし、空はなかなかの快晴である。

今日は貴重な布ゴミ収集の日とあり、どさりと袋を放り投げる。

さらば社会人としての俺よ。などと思いながら血まみれスーツを見下ろす……って、ちゃんと回収してくれるのかな。まあ上から別の服で包んでるからきっと平気か。うん平気だ！

それから郵便ポストに封筒を放り込み……かけたところで手が止まる。言うまでもなくこれは退職願であり、手放した瞬間に社会人ではなくなる。

「まさかここに来て躊躇《ちゅうちょ》するなんて我ながら思わなかったな」

受理されるのはまだ先だけど、これはもう後戻りできない道だ。すごく苦労した面接と、奇跡だと喜んでくれた親の顔も思い出してしまう。

なんか知らんが泣きそうな感じがして、思わず青空を見上げてしまった。

ありがとうございましたと呟いて、俺は指を離す。ことんとポストに落ちる音がし、そっと息を吐く。まるで社会人としての役割を終える音のように聞こえたんだ。

……え、郵送は非常識？

知らんよ、そもそも退職願なんて正式なルールは決まっていないんだし。こういうのは面倒なので、さらっとサクッと終わらせたい。現代のニートは忙しいからな。

だけど手続きもあるだろうから、一度か二度は会社に行かないと駄目かもしれない。めんどくせーな、早く文明なんか滅びればいいのに。

まあいいや。それよりも今日はバイク選びの日だからな。

そう思い直して、ぶらぶらっと歩き始める。一度で良いのが見つかればいいけど、こういうのは運だから難しい。ビビッと来るものがあれば、めでたくパートナーとして決まってくれる。

いやー、しかし中型免許を更新しておいて本当に良かったよ。社会人になったらバイクなんてまず乗らないし、駐輪場を契約するのも面倒だったからさ。

ちなみに俺としてはスクーターみたいなのはダサくて無理。どちらかというと部品が剥き出しになっている機械っぽい感じが好きなんだ。もちろん好みは人それぞれだろうけど、二輪車としての機能美に溢れていて、乗っても眺めても嬉しくなるような一台がいいなぁ。

などと思いながら商店街の裏道を歩いてゆく。

もう少し進むと店舗はまばらになり、住宅が増えてくる。その先のひっそりとした場所に、学生のころに足を運んでいたバイク店「旅籠屋《はたごや》モーターズ」があった。へえ、まだ残ってたんだなーとか呟きながら、色とりどりのバイクを眺めてゆく。

こういうところにはたまに掘り出し物もあったりするし、ネットで探すよりも現物を見て厳選したいなと思っている。それは俺の考えというだけで、今ならネットのほうが早いよマジで。

ガラス製の戸を開くと、パイプ椅子に座った中年の男がおり、競馬新聞の向こうから瓶底のような眼鏡で見上げてきた。

「お、ずいぶん懐かしい顔が来たな。平日の昼間っからどうした。仕事は休みか？」

「うん、会社を辞めた記念にバイクを買おうと思ってさ」

なんだそりゃと困惑の表情をされたけど、俺のニヤニヤが止まらないので「相変わらず仕方の無え奴だなぁ」とダミ声でボヤかれた。

白髪混じりの髪を短く刈ったおじさんは、見ての通り顔馴染みの店長さんだ。口は悪いけど面倒見が良くって、暇なときは遊びに来て話をしたり、メンテナンスの仕方を教えてもらったこともある。オイルや金属の匂いに包まれると、そんな学生時代の記憶が蘇ってきた。

ああー、楽しみだよ。楽しみすぎるよ。バイクを買ったのなんて何年も前だし、昔はあちこち意味もなく走り回ったからさ。

「なんだ、まだ何を買うのか決めてないのか。どういうのが欲しいんだ？」

ふむ、条件としてはいくつかあるぞ。

まず格好良いこと。これだけは外せない。

次に荒れた道でも走れること。パンクなんてするんじゃねーぞ。

燃費の良さとパワフルさ。無駄な騒音を立てないこと。そして最後に、圧倒的に格好良いこと。

「なるほどな、全然分からん」

「だよね、俺も決めてないし」

「つかー、相変わらずだな後藤は。どっか頭のネジがぶっ飛んでんだろ。社会人になって落ち着くかと思ったらすぐこれだ」

人を故障品みたいに言わないでくれません？　などと文句を言ったら、おじさんはすごく真面目な顔つきをしてこう言った。

「修理できる故障品のほうがまだマシだ」

あ〜、そうですか〜。まあ、多少は問題ありだと自分でも分かってるけどさ。協調性ってのはいくら年を重ねても身につかないし、つける気もあんまり無い。

いじける姿を見かねたのか競馬新聞をばさっと放り、おじさんはパイプ椅子から立ち上がった。

「仕方ねえな。午前は暇だし、一緒に回ってやるか。状態が良いやつを教えてやる」

「く〜、おじさん渋いね！　憎いよ！」

うっはっは、と笑われた。

さてバイク選びだが、今後のことを考えると……ってまあ、具体的には荒廃した世界というあやふやなイメージだけどさ、荒い道でも走れる頑丈なやつが良いのかな、くらいに思っている。

そんな感じで要望を伝えると、いくつかのオフロード車を紹介された。

でもなぁー、ちょっと違うんだよなぁー。荷物の運搬もあるだろうし、そもそも白とか赤とか緑とかの軽薄な色があまり好みじゃない。俺の全てを預けられるくらいどっしりしていてほしいし、俺の心をくすぐる逸品を見せてほしいんだ。

そう熱く語っていると、おじさんは何か納得したような顔をして「こっちに来い」と指をクイクイしてきた。

敷地から離れた場所まで案内されると、自宅用のシャッターらしきものがあって、当たり前のようにおじさんはガララと開く。

そして目の前に現れた車体に、不覚ながらも俺は惚れた。一目惚れと言っても良い。

「こ、こ、これは……!!」

「ふっふ、こいつはな軍隊の使っていた偵察用のバイクだ。質実剛健。深い緑色とパワフルさを感じる車体。どうだ、お前好みだろ」

ぐあああ――、格好良い！　基本的なところは市販品と同じオフロード車だけど、砂利除けや転倒時用のガードをあちこちに付けていて、そのためのフレーム強化をしているせいか全体の印象はどっしりしている。

「いいじゃん、いいじゃん、荷台まで付いてるしさぁ。こんなの見たらさっきのバイクなんて自転車みたいに見えちゃうよ」

「250CCながらもキビキビ動いて、走りも安定している。ここまで直すのは苦労したぞ、レプリカじゃなくて本物だからな。俺くらいのコネが無いと仕入れられん代物さ」

「先生、ぜひ、ぜひともこれを私めにお売りください！」

躊躇なく土下座をすると、おっさんは「こらこら！」と慌てた。

「あー、参ったな、こいつは売り物じゃないんだが……他の奴なら鼻で笑って済ませられるが、お前が相手だとなぁ」

「それは私が美人だからでしょうか!?」

「いや、何週間もうちに来るからだ。本当に執念深くて諦めない面倒臭い奴だよ、お前は」

そう呆れられた。馬鹿だなぁ、頼むのに金はかからないんだから、何週間か程度じゃ諦めないし年単位に決まってんだろ？　迷惑そうな顔を見せてからが本当の勝負だ。まあ俺に見せた時点で、買われるのは決定事項だよね。わざわざ見せびらかすために呼んだのかって話だ。

睨み合うことしばし、諦めたような息をおじさんは吐いた。

「まあ、美人の言うことには逆らえんさ。こいつは俺からのささやかな退職祝いってやつだ」

きっ、来たあああ――――っ！　がばっと俺は起き上がった。

やったぜ！　最高のお買い物です！　ほらな、町をブラついたほうが絶対に面白いのが見つかるんだって！　ネット社会になんて騙《だま》されるんじゃねーぞ。

振り返るとガレージには埃が舞い、陽を反射をしてキラキラと輝いている。そこに置かれている軍用車は良く手入れをされており、見惚れるほどのレトロさがあった。例えるなら骨董品《こっとう》屋さんに陳列されたアンティークの逸品だ。

思わず車体を指で撫でると、ぱちんと静電気が背筋を抜けてゆく。

それは今この瞬間に俺がオーナーとなったことを表しているようで、なぜか胸の高鳴りが止まらない。

はあ、なんかすごいものを買えちゃったぞ。友達ができたみたいな感じがするし、勝手に胸がドキドキする。なんだこれ！

身体がぽかぽかするし、半分くらい夢を見ている気分だ。まだ興奮が冷めない俺は、パイプ椅子に座らされてバイクをぼんやりと眺めてた。

たぶんおじさんはこのガレージで単車をいじり、休日を過ごしていたのだろう。

舞っていた埃が落ち着いてきたころ、淹《い》れたての珈琲《コーヒー》の匂いが漂って、背後から「そらよ」とマグカップを手渡される。ズズと一口すると、ほんの少しだけ贅沢《ぜいたく》な時間というものを味わうことができた。

「趣味を仕事にするといけないって言うけど、あれは嘘じゃないか？」

「嘘なもんか。実入りは少ないし、税金を払うのもしち面倒だ。会社勤めのほうがずっと良いし、俺のガキにも口酸っぱくそう言っている。ま、お前はとっくに辞めちまったみたいだがな」

おじさんは意地悪にそう言い、煙草に火をつけるシュボという音を響かせる。そして美味《うま》そうに煙草をくゆらせながら唇の笑みを深めた。

「こいつはな、ほとんどスクラップの状態で引き取った。パーツが足りなくて多少いじりはしたが、中身は正真正銘の軍用車だ。言っとくが違法スレスレの品だぞ。ナイフみたいに尖ったお前にはぴったりの品だろうな」

うははと笑いながら言うおじさんは子供のようで、喜びと一緒に誇らしさがにじみ出ている。足は短いし肥満ぎみだし瓶底みたいな眼鏡をかけてる人だ。でもなぜか知らんが格好良いと思える雰囲気があった。

その彼は口元に笑みを浮かべたまま、ずんぐりとした指先でフレームの曲線を撫でてゆく。

「いじっているとき、どういうわけかお前の顔がチラついてな。それが妙に懐かしくて、思いのほか作業もはかどったもんさ。だがまさか組み終わった翌日に現れるとはな」

へえぇとマグカップを持ったまま俺は驚いた。なんだか運命の出会いのようなエピソードだし、そこに情緒的なものを感じたんだ。

「お前が相手なら大事にしろとは言わんぞ。見ての通りこいつは荒い仕事に向いているし、玄関先の飾り物じゃないからな。その代わりになるべく乗り回してやってくれ」

あったり前だ。こいつと一緒にモンスター退治をするんだからな。もちろんなるべく壊れないようにするけど、困ったときにはおじさんが何とかしてくれそうだ。

「ありがとう！　でも本当に貰っていいのか？」

「まったく、仕方な……おい、いつタダでやると言った？　有料に決まってんだろ！　ったく、ついさっき実入りが悪いって言ったばっかだろが」

ちいっつ、惜しい。あとちょっとだったのに。

手続きとかもあるので、届くまでにあと数日はかかる。それまでの繋《つな》ぎとしてボロい中古自転車も格安で購入したが、納車日までずっと楽しみで眠れなさそうだ。いや、届いてからのほうが楽しみで眠れないか。

そう思いながら、おじさんに礼を言ってガレージを後にした。

んで、だ。

会社から再三かかってくる電話は無視をするとして、ぼちぼち真面目に技能《スキル》とやらを考えないとアカン。などと公園のベンチに座りながら考える。

幸いなことに、この能力値とやらが書かれた青いスクリーンは周囲の奴らには見えないらしいので、サンドイッチをパクつきながら気兼ねなく眺めることにする。

技能《スキル》ってのはいまだに良く分からない代物だ。でも一応これに命を救われている。覚えておいて損はしないし、たぶんこれからもずっと世話になるだろう。

技能《スキル》獲得の残りポイントは20。これはレベルアップのときに格上を倒したボーナスが含まれており、また昨夜取得した素材収集《コレクト》の分が引かれている。

ガイド君、このあいだ拾った魔石とかの素材は、どの技能《スキル》があれば武器に変えられる？

《職業《ジョブ》の【鍛冶士《ブラックスミス》】を取得し、専用技能《スキル》から【魔石加工】を使用してください》

おっけ！　じゃあそれを覚えるわ。

あれっ、職業《ジョブ》ってなんんだ？　そんな項目なんてあった？　俺がニートだから無いの？

目の前に映しだされたスクリーンをよく見ると、端っこのタブに小さく「職業《ジョブ》」という項目があった。なるほどね、こっちをタッチしないと表示されないのか。技能《スキル》と比べたら確かに見る機会は少なそうだしな。

んでんで、だ。

表示された職業《ジョブ》欄には、鍛冶士《ブラックスミス》以外にもいくつかの候補がある。たぶんこれは職ごとに派生してゆくのだと思う。それっぽい余白があるし、うっすらと分岐が見えているから。

いま俺が選べる職業《ジョブ》には【戦士《ウォーリアー》】【探索者《シーカー》】【治癒士《ヒーラー》】それと【鍛冶士《ブラックスミス》】がある。どうやら取得している技能《スキル》やとった行動によって増えてゆくようだが、細かい条件は分からない。

ちなみに職業《ジョブ》は複数取得できるらしい。例えば治療のできる戦士《ウォーリアー》みたいにさ。ただし職業《ジョブ》ポイントというのが決まっており、これの上限内でしか職業《ジョブ》レベルを上げられない。

「んー、職業《ジョブ》をいくつか持つことができるのかー。特化させたいけど、鍛冶士《ブラックスミス》に全振りはちょっとな。どう考えても戦闘向きじゃないだろうし」

うーん、と俺は悩む。たぶんこれから職業《ジョブ》は増えてゆくだろう。しかし鍛冶士《ブラックスミス》を取るのは決定事項だし、まずはこれだけ上げておいて、職業《ジョブ》が増えてきたらまた考えるか。

職業《ジョブ》ポイントは今のところ35。まったく手をつけていない状態だ。とりあえずタップをすると、鍛冶士《ブラックスミス》ＬＶ１を獲得した。すると取得できる技能《スキル》も表示され、先ほど聞いた魔石加工に加えて「剣」「斧」が画面に表示される。

「へえ、こっちは生産可能なリストか。職業《ジョブ》に紐づいているんだな、きっと。もうひとつ上げると……お、やっぱり増えた。弓と盾か。これで組み立ての成功率ってどれくらい？」

《レベル2で魔石加工をした場合4割ほどです。魔石の種類により難度が変わり、また生産可能なアイテムも変わります》

んー、そっか。案外と厳しいな。命がけで獲った素材だし、半分以下の確率でチャレンジはしたくない。なのでもうふたつレベルをあげて、ポイントをほぼ使い切った。しぶっておきながら結局は全振りしちゃったけど気にしない。

新たな生産リストには槍、兜、手甲が加わった。職業《ジョブ》ポイントの必要数も、5、10、15と増えて行ったな。となると次に上げられるのはだいぶ先になりそうだ。

で、次に今ある素材から作れるものを探す。角砂糖みたいな黒い奴が6つと、魔石がひとつ——って、なんだ、アイテム名が表示されてら。きっと鍛冶士《ブラックスミス》になったからだな。

どれどれ、「闇礫の破片《ギズモピース》」と「闇礫の魔核《ギズモコア》」か。名前を聞いても何も分からないのは変わらないし、へぇーとしか言えないな。

ま、いいや。武器が欲しかったけど、作れるのは剣と斧、それと弓だけなのね。原始的なのはちょっとアレなので、剣に加工っと。なんて真っ昼間の公園ベンチで気軽にやった俺も俺だけどさ、じょぼバ——ッと青白い煙が大量に溢れ出てギョッとした。

「ほおっ、ほおおっ！　なんだコレ、あちっ、あちちっ！　あっつうぃっ！」

魔石が握っていられないほど熱くなり、ぽいっと足元に放り投げる。何がなんだか分からないが、これは生産中ということなのだろうか。だけどこの大量の煙はいつになったら……げえっほ！　おえっ！　目に入ってシミるっ！

鳩たちもババーッと一斉に逃げていくし、小学生のガキが集まって来やがるし、心臓のバクバクが止まりません！　わ、分かった！　分かったから早く終われええっ！

《成功率62％の魔石加工に成功しました。【闇礫の剣《バレットソード》】が具現化します》

しゅおっ……と最後に小さな煙を残して、そこには剣があった。

ガキどもから拍手を受けながら、黒光りする闇礫の剣《バレットソード》が爆誕してしまった。おいおい、これって思いっきり銃刀法違反だろ！　しょ、職質されちゃう！

ゴミ箱にあったダンボールを慌てて巻いて、ようやく一息つけたぜ。

しっしっ、ガキどもはしみったれた家に帰んな！


さて、なんであんな公園にいたかというと、次の魔物発生場所とやらが近かったのだ。

面倒だしちょっと怖いから放置してもいいんだけどさ、俺のレベルアップと素材の収集を考えるとちょっとなぁ。後々詰むわけにもいかないから、倒せる奴は倒しておきたい。

今後、そのような退治を考えると乗り物がどうしても欲しかったので、午前中はバイクを物

色していたわけだ。手荷物があると電車で移動をするのはすごく面倒なんだよね。おまけにモンスターは夜に湧くらしいので終電の時間を気にしないといけないからさ。

ダンボールの筒を脇に挟んで、いまは川沿いの小道をぶらぶら歩いている。もう辺りは真っ暗で、たまーに犬の散歩をする人とすれ違うくらいだ。痴漢に注意という看板も、いつか「モンスターに注意」に書き換わるのかね。知らんけどさ。

鈴虫の声を聞いていると、足元を何かが駆けて行った気がした。

あー、昨夜も見たなぁ、これ。などと思いつつ、俺の散歩コースは河原行きに変わった。

昨日はけっこう怖かったけど、やっぱり人間は逞しいね。もぞもぞ進むイガ栗の後を、犬の散歩みたいに平然と追いかけてるなんてさ。それは俺が特殊なだけかもしれないけど。

ざり、ざり、と砂利道を歩いてゆく。すぐに目当てのものは見つかった。橋の下、雨風を避けるようにして真っ黒い「巣」があったのだ。

慌てず騒がず周囲が無人であることを確かめて、筒状のダンボールから得物をすらりと取り出す。さっきは慌ててちゃんと見れなかったけど、この剣は黒かったんだな。ナタというかドスみたいな形だけど、少しばかり刀身も柄も長い。

うん？　人差し指のあたりに引き金みたいなのがある？　あと気になるのは、背に溝があって、それが真っ直ぐ先端まで続いていることかな。なんだろうな、これ。それと日本の刀などと違って、驚くほど綺麗な直線をしている。うーん、かっけ――。

さて、装備をするとまず知りたくなるのはこれだろう。

ガイド君、剣の説明とステータスを教えてくれる？

《闇礫の剣《バレットソード》：魔虫ギズモから生み出された武器。飛行、貫通という特性を持ち、溝に沿って弾《バレット》が発射される。有効射程距離50メートル。職業《ジョブ》【射撃手《シューター》】の取得により能力向上。また後藤のステータスは以下の通りです》

【後藤　静華のステータス】

・レベル：3
・職業《ジョブ》：鍛冶士《ブラックスミス》ＬＶ3
・ＨＰ：24
・ＭＰ：5
・攻撃力：16（7）→41（7）
・ＡＣ：4（3）
・ＭＣ：0
※カッコ内は武器防具の補正値なしの数値
※ＡＣ＝アーマークラス。対物理耐性。
※ＭＣ＝マジッククラス。対魔術耐性。

おげえ、剣の攻撃力がたけえ。まあ比較対象が薪割り用の斧だしなぁ。一応リュックに入れて持ってきているけど、本当に薪割りにしか使わなくなるかもしれん。それに射程50メートルという性能は非常に気になる。安全な位置から攻撃できるのなら、こいつはかなりの活躍を期待できるぞ。

などと思っていたが、とあることに気づいて俺は歩みを止めた。

飛び回っている奴らが妙に多いなー、なんて思っていたけど……よく見たら「巣」がふたつあるじゃん！　しかも片方がちょっと大きい気がするのは遠近法的なアレですか？

《レベル2とレベル5のギズモです。周囲に生物の死骸が散乱していることから、既に捕食を行っていたと推測されます》

捕食という言葉にギョッとし、遠くから俺は観察をする。

確かに近くには小さな死体が転がっているようだけど、たぶんあれは人じゃない。ネズミや鳥みたいな動物だ。ほうと安堵《あんど》の息を漏らしつつ、倒し方についてじっくりと考える。

昨夜、俺は苦戦した。

死ぬかもしれないと思ったし、下手をしたら死んでいたと思う。急所をザクザク刺されて、あの警察官たちみたいに。なので今回は対策をしっかりと練ってから攻撃をしてみたい。いつまでも怖がっていられないしな。

ちょうど今回は新しい武器もあるので、早速試すとするか。

原っぱにしゃがみ込み、対象を睨む。距離は50メートルも無いと思う。でもこの先に少しでも近づくと気づかれそうな気もする。前みたいな遮蔽物も無いし、ただの勘だけどさ。

この剣は遠距離攻撃ができるらしい。じゃあ試してみよう……の前に、ピンと来た。巣がふたつあるけど、直線上に重ねたら両方とも貫通できるんじゃね？　俺って頭いい——。

そうと決まれば移動開始だ。なるべく音を立てないように、そろそろと。

うーん、この辺りか。

溝に沿って発射されると言っていたけど、たぶん剣の背に刻まれているコレのことだよね。なので剣の先を巣に向けて真っ直ぐ向けてみる。

おっ、柄が長いのは銃床替わりってことか。さっきの出っ張りが引き金ね。ふんふん、なるほど。ライフル銃と同じ感じなのか。あとは狙って撃つだけで……って緊張するな。

エアガンではかなり遊んだけどさ、こんなの持ったことなんて無いからどう飛ぶか分からない。おまけにさっきの攻撃力を見る限り、斧の3倍弱の火力があるらしい。間違っても人には当てられないから気をつけないとな。

「昨日見た感じだと、奴らの縄張りは20~30メートルくらいだったか？　反撃を受けない可能性もありそうだな。まあ、試しに撃ってみるか」

幸いなことに辺りは無人なので、とりあえずとばかりに引き金を絞る。

その後の光景は、すこしばかり俺の予想と違っていた。

ビー玉くらいの大きさの奴が溝に沿ってシュカッと火花を散らし、夜の河原に放たれる。それから弾丸《バレット》は無数のトゲを広げ、シュバ——ッと回転をしながら加速をしたんだ。

ブヒュル——…………ッ、という音が遠ざかってゆく。

なんかこういう花火がなかったっけ。プロペラみたいなのが付いてて加速するやつ。などと考えていたら外れた。くっそ、よく分からん飛び方をしやがって。

パンッという破裂音と共に、コンクリート製の柱に黒い染みが広がる。じいとそれを眺めて、先ほどはどんな軌道だったのかを想像した。

ふーん、直線というよりだいぶ落ちる感じか。射程距離ぎりぎりだったから、ある程度は勘で合わせないと駄目だな。

《闇礫の弾丸《バレット》数、残り5発です》

あれっ、これって弾数制限ありなの!?

そういえば昨夜に見つけた素材は6つだったか。するとあれが弾丸みたいなものなのかな。

うーん、分からん。分からんが、辺りをブオンブオンと飛び交い始めたのは昨夜と同じだ。

まさかなぁ、仲間の死骸から攻撃されるとは夢にも思わなかったろう。へっへっ、昨日の友は今日の敵なんだぜ。よく覚えておきな。

ではもう一発、と軌道を勘で修正しながら撃ち放つ。

同じようにバシュル——……と河原に響き、バッ、ボシッ、と小気味の良い音をたてて、2つの「巣」に拳大の穴が開く。やったぜ！

手前側の巣に当たって角度が変わったらしく、もう片方に当たったのは端っこだった。しかし以前と比べると恐ろしく楽だ。発射と同時に弾《バレット》が自動装填されるらしく、がしゃんと気持ちのよい音を響かせる。敵もあちこち探しているようだけど、射程距離外らしくて俺を見つけられない。あらら、やっぱモンスターってアホだわー。

——シュカッ！

3発目を吐き出すと、今度は巣の根本あたりに大穴を開ける。その瞬間、半数たらずの魔物たちが地面に転がって行ったので、たぶん小さいほうを倒したのだろう。

うーん、ヤバい、楽すぎる。鍛冶士《ブラックスミス》を職業《ジョブ》にしておいて本当に良かった。それとごめん、ロングアックスよ。君は今から薪割り専用になったから。

再装填された闇礫の剣《バレットソード》を持ち、狙いを定める。

昔はこの手のサバイバルゲームに散財しまくっていたから、姿勢とか狙いとかお手のものなんだよね。映画とかを見て、なるべく格好良い姿勢を真似たりさ。ただしこちらはプロペラみたいに飛んで行くので風の影響も大いに受けそうだ。

それよりもゴミ虫くん、慌てて飛び回っているようだけど、君たちの死骸は俺の弾丸《バレット》となって役立つから安心するんだぞ。ヒャッハー、リサイクルの始まりだぜ。

《称号を得ました。【無慈悲な狙撃手《スナイパー》】がステータスに追加されます。相手から見つかっていないときにボーナスが発生します》

あ、なるほどね。称号ってのはプラス効果なのか。今でもかなり火力があると思うんだけどねぇ。ロングアックスの3倍以上あるしさ。まあ、さらに俺が有利になったというわけで。

そして相手は巣だから動くことも逃げることもできない。可哀想にね、うふふ。

――ばずッッ！

撃ちだすと同時にぞくんと寒気がして、左側から何かが迫って来る気がした。

すぐさま身体を傾け、嫌な感じがする場所に腕を差し出す。すると、ブススッという嫌な音と一緒に針金みたいのが連続的に突き刺さり、その強烈な痛みで「ングうッ！」と声を漏らす。

見ればイガ栗の大きいやつが1匹おり、さらにもう1匹がサクッと斜めに突き刺さる瞬間だった。気持ち悪いのは、刺さった針金がウネウネと寄生虫みたいにのたうってるとか……痛みも忘れてぞわあっと全身に鳥肌がたつ！　ひぃぃーーっ！

ふざけやがって、俺の腕は盆栽なんかじゃねえんだぞ！　前言撤回、ロングアックス君にも活躍してもらうわ。

地面に押しつけて相手を固定してから、横に置いていた斧を掴む。そしてグシャグシャと容赦なく叩き潰した。気持ち悪くなる嫌な臭い、そして黒い体液が流れ出ると、奴らは腕に刺さったままブランと垂れる。

グウウ――ッ、指が震えるほど痛いっ！

《【痛覚耐性】ＬＶ１を自動取得しました》

「継続治癒《リジェネレーション》――はやっぱり止めだ。このまま狙撃をする」

すげー痛いし、今すぐに癒やしたいよ？　だっていくつも穴が開いてるんだもん。でもさ、そうしたら前みたいにブシャーって煙が出て、居場所を知られてしまう気がするんだよね。だったら倒せ。それから治そうぜ。

「いい加減、死ねよゴミ虫がッ！」

吐き捨てながらも冷静に狙いをつけて引き金を絞る。闇礫の剣《バレットソード》は溝に火花を奔《はし》らせて、一瞬だけ俺の獰猛《どうもう》な顔を映し出した。

斜めに傾いだ「巣」はもう死にかけだったのかもしれない。正面から拳大の穴を開けられて、その瞬間にあらゆる方向からひび割れを始める。ビシッ、ビシッと亀裂はさらに広がって、やがて振動と爆風が周囲に撒《ま》き散らされた。

汗を流しながら、ふぃ――っと俺も息を吐いたね。

《格上に勝利しチャレンジが成功しました。ポイントと経験値、ドロップ品にボーナスが与えられます》

《後藤のレベルが４に上昇しました！》

《後藤のレベルが5に上昇しました！》
《職業候補《ジョブ》に【射撃手《シューター》】【剣術士《ソードマン》】が追加されました》
《【隠密《ハイド》】LV1を自動取得しました》
《暗視がLV2に上昇しました》
うん、昨日と似たような案内《アナウンス》だ。ちょっと強めの敵と、さらにもう1体を倒したからレベルはふたつ上がったらしい。
「いででー、それよりも継続治癒《リジェネレーション》と素材収集《コレクト》だ」
びちっと突き刺さっていた針金を引き抜き、治癒の技能《スキル》を行使する。視界内にあった砂時計型のアイコンが引っくり返って、みるみるうちに穴だらけの腕を癒してゆく。
やはりブシューと大量の蒸気が溢れ出てきたので、もしも戦闘中に使っていたら目を引いていただろう。これで服についた血の跡も消してくれるとなー、マジでありがたいんだけどなー。
《継続治癒《リジェネレーション》がLV3に上昇しました》
続いて、ギズモたちの巣や死骸たちが明滅をし始める。放たれた軌跡は青白いラインを引いて、すうっと俺の手のひらに吸い込まれた。魔石がひとつ。それと角砂糖みたいな奴が……えーと、18個か。ぼろぼろ地面に落ちたのを丁寧に探し、失くさないようリュックに入れておく。5発ほど撃って、18個のリターンならまずまずだ。
《素材収集《コレクト》がLV2に上昇しました》

おっ、こっちも上がったか。技能《スキル》レベルが上がると高レベルの相手からも素材を取れるらしいから、将来的に役立ちそうな気もする。これは初期に覚えておいて正解だったかもね。

さらさらという川の響きが聞こえてくる。

闇を払うようにして、先程までの光景が変わった気がしたんだ。先ほどまでどこか気持ち悪い雰囲気だったのに、今ではごく普通のお散歩コースでしかない。それが不思議で、俺はしばらくそんな景色を眺めていた。

血だらけの服を着て、剣と斧を両手に持っている怪しい奴だけどな！

大人しくて優しくて人畜無害なニートだというのに、どうして悪いことって向こうからやって来るんだろう。

それはバイクの納車を待ちきれず、うんこ座りで自転車を掃除しているときだった。

元がボロかっただけに、ホースで水をぶっかけると汚れがみるみる落ちていくのがちょっとだけ楽しい。なんかこういうの懐かしいなー、学生の頃みたいだなーとか思っていたときに、ぽんと肩を叩かれた。

「君、後藤さんだね。話を聞きたいだけだから、ちょっと署まで来てくれないかな」

「…………」

すごくすごく面倒くさいイベントが始まった。怠惰で傲慢なポリ公が俺の家に来やがった。紺色の制服を着た、肥満に片足を突っ込んだやつ。俺にとって最悪な相手だ。

面倒くさいってのはつまり、任意同行というシステムのことね。

任意だから断って良いはずだ……とは、残念なことにならない。あっ、断った。こいつうさんくさいな。やましいことがあるはずだ。よーし、法的に問題ないようにしてしょっぴくぞ……っていう風になる。当然、最初のときよりも俺の印象は悪い。つまりは声をかけられた時点で面倒な状況になっているんだ。

「それは容疑者としてってことですか？」

「うーん、最近の事件についてちょっとね」

ちょっとね、とか税金で飯食ってる奴がＪＫみたいに可愛く言ってんじゃねーよ。その帽子を一回どかしてから頭を殴りたくなるだろうが。などと叫びたいが俺は大人だ。冷静でクールでイケメンだ。なので冷静な顔でこう言い返してやる。

「１カ月後、またここに来てください。俺が本当の事情聴取ってやつを見せてあげますよ」

俺はしょっぴかれた。


ちゃーっと自転車の試運転がてら警察署にやって来た。

なんで任意同行に応じたのに、そいつの車に乗らなかったかって？　そうしたくてもさ、あいつらは帰りに送ってくれるなんて気の利いたことなんてしないんだよね。文句を言わないと応じてくれないとかさ、本当にどうしようもない奴らだよ。

自転車もボロい見た目によらず軽快に走ってくれたのは、俺のレベルアップが影響しているかもしれない。まるで疲れないし、本気を出せばそこいらの原付よりも速い気がする。快眠快便……は関係ねーな。いつものことだ。

キキーッと自転車を署内の駐輪場に停めて、建物に入って行く。待っていたのは微妙な空調加減の古くさい受付と、そのカウンターの向こうで机についた半分寝ていそうなおっさんどものいるフロアだった。ねえねえ、今どこのサイト見てるの？　って覗き込みたくなる誘惑が凄い。

こういうのを見ると島国で銃規制も厳しい日本ってのは平和だなーって思うよ。あっと、今はモンスターが襲来してるんだっけ。ごめんごめん、市民のために己を犠牲にする戦いが待ってるんだったな。お互い血反吐まみれになって頑張ろうぜ。退職なんてするんじゃねーぞ。なんて遊んでいる場合じゃないか。

すぐに俺は別室に通されて、パイプ椅子に座らされた。正面には強面《こわもて》の男が一人、左手には若めの男。びしっと決めたスーツ姿とか、どう見ても刑事やん。

そのでかい年配の奴が、ぎしりと椅子を鳴らして前のめりになる。いかにも柔道をやっていそうな迫力があって息が詰まりそうだ。

「後藤、お前は真人間になるんじゃなかったのか。またここで会うとは……！」

「俺だって願ったさ、平穏ってやつをな。だけど駄目なんだ。人ってのは変われないんだよ」

へっとやるせない笑みを見せると、あいだにいる若者がオロオロとうろたえて俺たちを交互に眺め始めた。まったく、どうしようもねえ若造だ。そら、輪っかをかけてくれよ。所詮、俺は縄に繋がれていないと駄目な狂犬なんだ。

「……いや、ただの参考人取り調べ、ですよね？」

何度も瞬きをして、ようやくそんな声を若手の奴は絞り出した。

どわはは！　と取調室は爆笑に包まれて、たまたま近くを通りがかった職員がビクッとした。

急須から茶を注ぎ、ずずっと美味《お》しくいただく。片足をあぐらにしている通り俺はリラックスモード全開だ。正面に座るおっさんが、若手の人に事情を説明するのを俺は眺めている。

「悪い悪い。後藤の顔を見ると、ついな。昔っからふざけた奴で、最初は腹が立って仕方なかったが、いつの間にか大丈夫になっていた」

「そ、そうだったんですか。西岡《にしおか》さんのジョークなんて初めて聞きましたよ」

「マジで？　この人は面白いぞ。休みの日とか飲みに行ったりしたけどさ、俺がまだ未成年だってのに……モガッ！」

でっかい手が俺の口を押さえつけていた。

分かったな？　分かったよ、仕方ねえな。

殺すぞという視線に負けたわけじゃないが、そういうふうにコクコクと頷きあってから俺は解放された。まったく、大人ってのは面倒で仕方ねえな。

茶をチビチビ飲みながら、西岡のおっさんに聞いてみる。

「で、今日は何の用？」

「ああ、少し前に通り魔事件があっただろ。お前が現場にいたというのと、切りつけられたのに歩いて帰ったという情報がある。それについて教えてくれ」

だよねぇ。実際、歩いて帰ったし。

そう思っていると、隣の若者も口を挟む。

「それと2日前の夜、梅ヶ丘駅前の防犯カメラに君の姿が映っていた。そこで何をしていたんです？」

あぁー、だよねぇ。俺のいた近くの公園で警察が2人も死んだんだし。

かなり本腰入れて調査をしていると思ったよ。だから任意同行に頷いたんだ。後ろめたい奴だと思われたら、たぶん後々ヤバかったしさ。

まあ、せっかくここまで来たんだし、とりあえず弁明はしておこうか。

「んー、説明しづらいな。まず通り魔事件だけど、俺は確かに切られた。ほら、首に傷痕が残ってるだろ？」

襟をグイッとすると、2人とも覗き込んでくる。こらこら若造。なんでいま、ちょっと下を見た？　ちょっと鎖骨までシャツをめくっただけでそれかよ。気持ち悪いな。

「俺も死んだと思ったし、何で死ななかったのか分からない。こっちが教えてほしいくらいだ。ここからここまで首を切られて、すぐにふさがったんだからな。その手の情報、何かある？」

ミステリーな事件だったぜー、宇宙人は確かにいる！　みたいに意味の分からないことを俺は答えたわけだ。すると相手はふたつのパターンに分かれざるを得ない。

ひとつ目は「ふざけんな」だ。何の事情も知らなければ間違いなくそんな顔をする。しなければ人としておかしい。そしてもうひとつのパターンはというと……。

しばし2人は動きを止めて、ちらりと目配せをしあう。おっと、こいつら何か知ってんな。面白そうだし適当にカマをかけてみるかぁー。

「へえー、俺と同じような奴がいた、とか？　血だらけなのに平然と帰るような奴が」

「なぜそれを……」

とか若造が呻いちゃったよ。大丈夫かな、このゆとりポリスメンは。あらら、おっさんから睨まれちゃって可哀想ね。うふふ、じゃあせっかくだから追撃しちゃうね。

「なるほど。そいつを調べるためにわざわざ俺を呼んだ。つまり相手は協力的ではない。あるいは厄介な状況になっている。例えば事情聴取を求めた警官を殺し……」

「こら、こら、やめろ。分かったから口に出すな」

あれま、勘が当たってたか。もしもそれが本当なら、俺と同じような能力を持った奴がいるってことだ。ただし温厚で真面目な俺とは正反対の奴であり、警察たちはおかしな事件に頭を抱えている最中、と。おまけに公園で警官2名の不審死が出てきたら、さすがに本腰を入れるわな。

ガリガリと頭を掻いてから、西岡さんが俺を見た。

「お前も十分に厄介だよ。事情聴取に呼んだというのに、こちらのほうが情報を引き出されているなど意味が分からん」

「えー、勝手にバラしたのはそっちですぅー」

しまったーと落ち込む若者に、西岡さんは溜息を洩らした。

「だが、こちらもあまり状況を分かっていない。本当に今日のところは挨拶くらいのつもりだったんだ。後藤、何かのときには協力をしてくれ」

「西岡さん、まだ彼女の疑いは……！」

「こいつは殺しなんてせんよ。ふざけているくせに驚くほど合理的な女だからな。警察官殺しのように面倒で意味のないことはしない」

などと急に褒められて、俺は大いに慌てた。

してるしてる、意味無いことばっかりしてるよ!?　プラモ作りとかゲームとかさあ！　最近だと斧と剣を持って走り回ってるし！

褒められ慣れていないせいで、尻が痒《かゆ》くて仕方ない。勘弁してくれよと思いながら、俺は大した取り調べも受けずに部屋を後にした。

自動ドアを通って外に出ると、もうお昼を回ろうという時間だった。真上にある太陽が雲に包まれて、辺りは少しだけ暗くなる。そんなときに背後から声をかけられた。

「後藤」

振り返ると西岡のおっさんが神妙な顔をしている。そして俺に近づくでもなく、そのままの距離で口を開いた。

「駅前で通報したのはお前だろう。その理由を教えてくれ」

あ、こっちが本題だったのか。もう帰れるやーと油断した所をパクッといただく気らしい。西岡さんも、やっぱりこういうところは刑事っぽいなと苦笑をする。

あの夜、確かに俺は通報をした。2人がモンスターに刺し殺されて、さすがにあのまま放置はできなかったからな。警察官が殺されたなら捜査は本格的になるだろうし、通報の声と防犯カメラの映像から俺が割り出された、という流れだ。付き合いのあった西岡さんなら声だけでピンと来ただろうね。

日が差し込み、彼の目線からは逆光になりながら俺は口を開く。

「先に質問をしても良いかな？」

どうぞ、と身振りで示される。

警察署の敷地内は人通りが少なく、2メートルほどの距離で向かい合う。意志の強そうな彼の顔を見あげ、それから再び口を開いた。

「このあいだの事件から、日本がおかしなことになっているのは気づいてる？」

「？　どういう意味だ、治安という意味か？」

怪訝そうな顔を見て、やっぱりモンスターのことは知らないのだと分かった。それどころか新宿で起きた不可思議な事件について、誰も真相のごく一部にさえも気づいていないだろう。

いや、下手に常識に囚《とら》われているせいで「気づけない」と言ったほうが良いのか。

もうひとつの要素があった。今のところ俺自身が全ての魔物を狩ってしまっているせいで、彼らは気づく機会さえも失っている。

しばし俺は沈黙した。

ここで伝える言葉は、とても重要だと思ったんだ。

西岡さんは割と信用できる人だ。間違ってもマスコミに情報を流さないだろうし、こんなふざけた俺でもまともに話を聞いてくれる。

この人になら全てを打ち明けても平気だろうか。魔物は数を増しており、近いうちに脅威が訪れるということを。俺の手だけでは物理的に足りなくなるのも確実なんだ。

しかし今の状況では何も信じてもらえない。

技能《スキル》を見せれば話は別だが、根掘り葉掘り聞かれて面倒になる。いつか魔物の存在が明るみに出たら、貴重な情報源としてずっと拘束をされてしまう可能性だってある。そして俺はサバイバルの準備もレベルアップも生産もできなくなり、いつの日か終末に飲み込まれてしまう。

もしもの理想で言うならば、俺と警察のあいだに誰かが立ってくれることだ。完全に中立であり、そして俺を守ってくれる者。しかしそんな都合の良い相手などいるわけもない。

だから残念ながら、やっぱり今はこれしか彼に伝えられなかった。

「もうすぐここは変わる。いや、ここだけじゃないのかな……。不思議そうな顔をしているけどさ、言葉の意味が分かるようになったら個人的に連絡してくれるかな。もちろん俺は警察官を殺していないけど、そのときじゃないとうまく説明できないや」

嘘をつくのはちょっと苦手だ。細かいことなんて気にしないけど、相手だけじゃなくて自分自身まで騙している気がする。うまく言い表せないんだけどな。だから本音しか伝えられなかったし、事情を知らない西岡さんは変なものを見るような顔しか返せない。

「さっきは庇《かば》ってくれて助かったし、ちょっと嬉しかったよ」

ばいばいと手を振って、俺は歩き出した。うーん、謎に満ちた言葉を囁《ささや》いてから背を向けるとかさ、まさかこの展開を自分でやる日が来るとはなぁ。困惑させちゃってごめんなさいね。だけど駐車場へ歩いていたときに、背後から西岡さんが走ってくる。どうしたんだろうと振り返ると、彼は懐から名刺を取り出した。

「これは俺の携帯番号だ。さっきの言葉はよく分からないが、何かがおかしいと感じているのは後藤、お前だけじゃない」

「あ、はい、ありがとうございます」

ぱちくりと瞬きをしながら名刺を受け取った。

もうすぐ納税も止めちゃうけどさ、それでも気にしないのかね。守ってやりたいという男の気概ってやつをさ、気のせいか感じたんだ。

少なくともこちらとしては、守られるなんて絶対に嫌だと思っている。もしそうなったら、ずっと守られないと生きていけなくなっちゃうしさ。などと名刺を空にかざして、一人で考えながら敷地をテクテク歩いてゆく。

「あと半年ねぇ。それが俺の寿命にならなきゃいいけど」

などとやっぱり意味深な言葉を呟いてみながら、ボロい自転車の鍵をガシャンと外した。

★★★★★

西岡は、ゆっくりと署に向かって歩いていた。

秋を迎えたとは思えないほど外は暖かく、わずかに汗ばむほどだった。

しかし気温など気にならないほど、先ほど後藤が意味ありげに言っていた「もうすぐここは変わる」という言葉が頭のなかで繰り返し流れ続けている。

馬鹿馬鹿しいと一蹴して忘れてしまうことは簡単だ。しかし彼女が何の根拠もなく、また容疑をかけられかねない状況で冗談を言うだろうか。

先ほど口に出した通り、後藤は一見ふざけているようだが実際は現実的に物事を捉えようとする人物だ。詳しく伝えなかったのも何かしらの意図があるような気がしてならない。

そして思い浮かぶのは先日の事件、新宿で起きた大殺戮《さつりく》だ。他にも警官が殺害される事件、そして後藤のように大量の血を流しても平然と立ち上がる怪事件の報告もある。もしもそれらが無ければ、付き合いの長い西岡であろうと相手にしなかっただろう。

「一体何が変わると言うんだ。まったく、最近はおかしな事件ばかり起きる」

そう独りごちながら自動ドアを通ってゆく。薄暗いフロアには生ぬるい空調の風が流れており、そこに彼を待つ者が一人いた。

「西岡さん、彼女はもう帰ったんですか」

彼は取り調べの際に同席をしていた若林《わかばやし》という青年だ。まだ若いため多少頼りなく見えるが将来有望な者でもある。その彼が珍しく不満そうな表情を見せているのは、先ほど大した取り調べもせずに後藤を帰らせたからだろう。

ここ数日で大事件が立て続けに起きているせいで、捜査が大して進まず右往左往しているというのが警察組織としての実情でもある。当然、ようやく探し出した参考人をすぐに帰らせたのは、身内びいきではないかという疑念に繋がってしまう。

西岡は返事をする前に「ちょっと付き合え」と言いながらポケットから煙草の箱を見せると、彼は肩をすくめてから後をついてきた。

世間の風潮からどこでも禁煙を積極的に行っており、彼のような公務員ともなるとさらに風当たりは強い。仕事ができれば大抵のことを許された時代は終わり、煙が視界に入っただけで憎まれるようになってしまった。かつこつと靴を鳴らし、署内の薄暗い階段を上りながら西岡はそんな時代の変化について考える。

そして、ふと思う。

なぜ怪しまれると分かっていても、後藤はあの言葉を口から出したのか。先ほどの表情を見る限り、真相を伝えたがっているようにも見えた。

「もしかして、変化が起こるのを待っているのか？」

ぽつりとそう呟くと、若林は怪訝な表情を見せた。しかし職業柄、西岡は周囲の反応を気にして思考を止めたりはしない。薄暗い階段に靴音を響かせながら、じっくりと何の根拠もない推測に耽《ふけ》ってゆく。

普通なら容疑者は警察関係者に近づこうとしない。顔馴染みではあるが、だからといって捜査の手を緩めるような性格ではないと彼女は知っている。それでも伝えたいと思うことが彼女にはあった。

変化とは何だ。

これから何が起きる。

刑事である己に伝えること……いや、警察関係者だからこそ伝えたいことがあるのでは？

先ほどの後藤の言葉と表情が頭のなかで繰り返し流れ続ける。そして屋上に通じる金属製のドアノブに手をかけながら、何かを思い出したように西岡は振り返った。

「若林、たぶん俺は身内びいきをしている」

「……は？」

にやりと皺を深める笑みを見せた西岡に、若者は呆けた表情をした。

開かれたドアの向こうから時期外れの温かい風が吹いてくる。まぶしいほどの陽ざしを受けながら煙草を取り出し、そして西岡は火をつけた。

「彼女はとある恩人の娘さんでな、きっとこうするのが正解だろうと思ったんだ。もちろん調査対象からは外さんがな」

「え、いや、だからってそんな……」

信頼を堂々と裏切るような発言に、若林は面食らっていた。

西岡という男は仕事に対して極めて真面目だ。また長年の経験と卓越した勘を持ち合わせており、周囲からの評判は高い。その彼が身内びいきと言ったのだから若林の心中は複雑だろう。

ふうと吐いた煙は風に乗って流れてゆく。

尚も見つめる青年に、西岡はフェンスに手をかけながら語りかけた。

「あいつと初めて会ったのは葬式のときだ。じっと静かにしていて一言も話さないものだから、最初は誰もいないのかと思った。それからしばらくのあいだ、彼女は静華という名前の通り、とても静かな子だった。まだ俺が刑事として駆け出しのころだ」

「へえ、意外ですね。こう言うのも何ですが、彼女が黙っているところを想像できないです」

その正直な感想に、ふっと西岡は笑みを見せた。

たぶん向こうはそのときのことを覚えていない。何度か名を呼んだが、見上げてもこなかったのだ。それでも妙に気になる子供だと、当時の西岡は感じていた。思えばその日から頻繁に顔を合わせるようになり、今では手のかかる娘のようだと思っている。

　まだ困惑した様子の青年に、西岡は静かな声で話しかけた。

「後藤の父親は警察関係者だった。その殺人容疑者はまだ見つかっていない」

「えっ!?」

　意外な過去を知り、若林は目を見開く。また同時に西岡が「意味の無いことはしない」と言って、彼女をかばった理由を知った。心に深い傷を負った彼女が、警官殺しのような真似なんて決してしないと西岡は暗に伝えていたのだ。

「驚きましたよ。西岡さんが身内びいきなんて言うものだから……」

「まあ、似たようなものだ。褒められたものじゃない。だが調査対象からあいつを外すなよ。これから貴重な情報源になるかもしれないからな」

　ビッと指を向けてそう指示をすると、やや緊張した面持ちで若林は頷いた。それから煙草を灰皿に押しつけながら、西岡はゆっくりと遠くを見つめる。

　後藤の言っていた変化とは何だろうか。

　これから何が起きるのだろう。

　先ほどの彼女の言葉には得も言えぬ迫力があり、また何を考えているのか予想しきれない人物でもある。もしかしたらこれまでの常識など打ち砕くようなことが起こるのでは、などと予感めいたものを西岡は感じていた。

★★★★★

シャーッと軽快に自転車で走りながら考える。

さっき聞いた話では、俺以外にも技能《スキル》を覚えた奴がいるっぽい。

道も混んでおらず、なかなかの快晴ではある。だけど俺はむっすりと仏頂面だ。

「なーんか友達ができそうな雰囲気じゃねーな」

そう苛立《いらだ》ち混じりに呟きながらペダルをこいだ。

あの日の事件では未曽有《みぞう》の犠牲者が出ており、テレビを見ている感じでは世間はまだ混乱している真っ最中だ。ひょっとしたらその内の何人かが俺と同じように「目覚めた」のかもしれない。そして職質しようと接触した警察がヤバい目に合わされた、か。

もちろん「俺だけの力だ。俺が神だ」とまでは思わないので、他の奴らが技能《スキル》に目覚めてもあんまり驚かない。だけど、そんな変な力に目覚めたからって性格が豹変《ひょうへん》するものなのか？

少なくとも俺の性格はあんまり変わってないし、きっとこれからも適当な感じで生きていくだろう。たぶんそういう奴は性格が豹変したというよりも、元からヤバい奴なんだ。よくテレビで「容疑者は残酷な漫画やゲームの影響を受けてしまい……」と言われているのもそうだけど、娯楽程度が人の性格を大きく変えるとは思えない。

しかし不思議に思うのは、これまで魔物と戦った際に、そういう危険な奴らとまったく出くわさなかったことだ。モンスターを倒してレベルアップとかしないのかな、そいつらは。

ガイド君、俺以外の能力者もサポートしてるんだよね？

《この世界線に辿り着いた夜の案内者《ガイダンス》のうち、魔物の出現場所を予測できるような上位種は私だけです。他の方は下位種による案内で、ないしは自力で対処していると推測します》

あ、そうなのー。ちょっと可哀想になったな。魔物の出現場所も分からなかったらどうしようも無かっただろうしさ。だからか、今まで出くわさなかったのは。

「ん？　あっ、これか！　前にあいつが言ってたのは！」

そんな大声を上げて歩行者から振り返られたけど気にしない。

そうそう、そうだ。そうだった。ずっと前に起きた事件で、全身目玉野郎がそんなことを言っていた。確か「それを掴むとは運の良い奴だ。フイにするかどうかはお前次第だが」とか何とか偉そうに言ってたよ。はーん、ふーん、なるほどねー。悪いけど大活用してるわ。もちろんお礼なんて言わないし、死ねよとしか思わないけど。

しかし運が良いと喜ぶべきか、俺みたいな女と組まされたガイド君を可哀想だと思うべきか分からんな。ああ、両方とも正解だったか。

下り坂になると自転車はさらに軽快に走り、やっぱりボロくても買っておいて正解だったなと俺は思った。

ま、いつ出会うか分からない能力者のことは放っておこう。

それよりも今は魔物素材の加工のほうが大事だ。昨夜はだいぶ素材が溜まったけど、ガイド君が言うには、失ったぶんの弾を補充しないといけないんだってさ。世知辛いねぇ。

そういうわけで部屋のベランダに出て、しゅわーと生産の煙を吐き出す。うーん、どこのホタル族だっつー話だね。

補充用に半分の素材を闇礫の弾丸《バレット》として使う。知らなかったけど剣の横にちょっとした膨らみがあって、そこにビー玉みたいな形の弾丸《バレット》を込められるらしい。やっぱりこれは1個あたり1発という扱いだったのね。

あとの残りの素材は9個ほど。希少らしい魔石もひとつあるので何か作れるもの無いかなぁーと思って調べたら「盾」があった。

盾かぁ……。地味くさいな。持ち歩くのも邪魔そうだし、今度こそ職務質問待った無しだ。剣もそうだけど、バイクが届いたとしても荷台に紐でぐるぐる巻きにして持ち運ぶのは気がひけるし、なんかダサい。剣は筒っぽいのに入れて背負えば良いけど、さすがに盾はなぁ……。

「んー、だけど前の戦いで、スゲー痛い思いをしたしなぁ」

今はうっすらとしたピンク色が残っているくらいだけど、腕とかブッスブスの穴だらけにされたしさ。もしあそこで盾があったらどうにかなっていたのだろうか？　いや、分からん。でも武器以外に防具も整えておきたいのは確かだ。

さすがにゲームみたいな金属鎧《よろい》は嫌だけど、そもそも生産リストに「鎧」は加わっていないので選択肢以前の問題だ。ああ、こういうとき攻略本でもあればなぁ。セーブやリセットもできないんだし、どんな仕上がりになるのか事前に知りたくてたまらない。

むー、鍛冶の生産ＬＶも上げたいし、試しに作ってみるか。いらなければタンスの肥やしにでもすればいいしな。そう気軽に考えて鍛冶士《ブラックスミス》の技能《スキル》を行使する。

すぐにじょわぁ――っと盛大に煙が上がってしまい心臓がドキンとした。

昼間のベランダで大量のモクモク煙を出すのは顔面蒼白ものですね！　ごめんなさいごめんなさい、火事じゃないんです！　次からちゃんとした場所でやりますから、ご近所の方も通報だけはしないでください！

《成功率81％の魔石加工に成功しました。【闇礫の盾《バレットシールド》】が具現化します》

ドッドッと心臓がうるさいなか、ようやく鍛冶は終わってくれたらしい。けど、想像してたのとなんか違う。

「黒い革の……穴あきグローブ？　なんだこれ」

武器や防具は持ってるだけじゃ効果ないぞ。ちゃんと装備しないとな！　という村人Ａの助言を思い出しながら左手に着けてみる。すると、目の前にふわっと変なものが浮かんだ。六角形の黒い鉄みたいな板。大きさはふたつ折りの財布くらいで、それと同じくらいの厚さだ。それが手の甲の10センチくらい離れた場所にふわっと……えー、なにこれー。なんで浮いてるのー？

まさかだけど、このグローブを追っているとか？　試しに指を握ってみると、カシシシッと他の部品も合体をして……えぇ――、なにコレぇ――!!

どうやら六角形の板が、指を握ると盾として合体するらしい。使った素材は計9個。この板も同じ数だけあって、ぴったりと隙間なく合体する。

指を開くとバラバラになって消え、また板がひとつだけ手の甲あたりに残る。再び指を握ると地面から再びスッと浮き出てきて、ややカーブを描いた盾に合体をするという代物らしい。だけどこの「カシシシッ！」っていう合体音がさ、めっちゃ気持ちいい！　うあっああーっ、クセになるーっ！　無意味に何度も繰り返しちゃう！

はー、はー、待って待って、興奮して鼻血が出そう。思ってたのと全然違ったけど、これカッケーよ！　ギズモってばすごいじゃん。ゴミ虫だの何だの今までずっとバカにしてて本当にごめんね。見た目は完全にウニだけど素材として見たらピカイチだ。超高級ウニですわー。

《同じ素材を集めると、盾の範囲も広がります》

うっそ！　集める集める、山盛りで集めちゃう！　弾だってもっともっと欲しいしさ！

よおーっし、今夜から本格的にギズモ狩りだ！　楽しみすぎるよー！　んぎょおおー！

――ピンポーン♪

などと床でバタバタしていたら、ようやくネット通販からのお荷物がご到着だ。がばっと起き上がって戸口までスキップしちゃう。うへへー、お遊びグッズがついに届いちゃったぞー。

これがまたサバイバル用品とかたくさん入っててさー、非常ぉーに女心をくすぐるんだわ。例えば何万回も火を起こせるメタルマッチとか、川の水を飲める道具とか寝袋とかナイフとかそういうやつ。えへへ、調子に乗ってコンロセットも買っちった。

よーし、今日はずっと検品しちゃうぞ！　などと興奮で頬を赤くしながら、再びフローリングに寝転がってガッツポーズをする。

あれ、なんか俺、仕事していたときより大充実してない？　などと思いながらムクリと身体を起こす。例えるならゲーム機を揃えてから夏休みを迎えたような気分だ。以前より身体が軽いし、それだけでなく快食、快眠、快便と、すこぶる体調が良い。

《レベルアップに伴い、あなたの身体も強化されています》

あ、そうなんだー。言われてみるとちょっとだけ身体が引き締まったような気が……するかなぁ。鏡でチェックなんてしないから分かんないや。じゃあひょっとしてだけどテンションが高いのもそのせい？　毎日楽しくて仕方ないんだけど。

《いえ、そんな人はこれまで聞いたことも……》

おい、なんでいまドン引きした?

まあいいか、精神的に操作されていたら嫌だなーと思っただけだし、そういうのは無さそうだと分かって良かったよ。ほら、なんとか耐性を獲得しましたーとか聞くたびに、ちょっと気になってたから。まあ確かに俺は元からポジティブだし、これが平常運転だと言われても「やっぱり?」って頷いちゃう。

そう思いながら大量に出たゴミを透明袋にまとめ、足にサンダルを引っかけて外に出る。ゴミ収集所に向かって歩きつつ、これからの予定について聞いてみる。

ガイド君、次の魔物はどこに出るの?

《視覚リンクを完了したため、後藤の網膜に直接投影します》

へえ、そんなこともできるんだ。すごいなぁ、ハイテクだなぁガイド君は。なんて感心している場合じゃなかったよ。

ぱっと映し出された近郊マップはちょっとしたSFの光景で「おほ、スゲー」などと感心をしたのだが、そこには5つもの光源があったのだ。それぞれ時刻が異なるのは……どさっとゴミ袋を落としながら、俺はじっとりと嫌な汗をかく。

参ったな、今夜からは複数箇所にモンスターが出没するってのか。相変わらずこいつらは変化が早いし、空気を読まない。

「こりゃあ早くバイクが届かないとマズいな。深夜2時なんて場所もあるし。うーん、だけどギズモならいくらでも素材が欲しいし順に回るか」

まだ明るいし夜までは時間がある。しかしこのペースでは、すぐに一人では狩れなくなるだろう。今夜頑張ったとしても、明日はどうなるか分からない。俺の希望的観測なんて軽く打ち砕いてくるシビアさだ。

これは刑事のおっさんにタレ込むのを真面目に考えないといけない。ついさっきは伝えなかったが、このままでは何の準備も無いままモンスター退治の仕事があいつらにやって来る。

「身バレはしたく無かったけど、さすがに西岡さんには迷惑を掛けられないや。ま、しゃーない。携帯、携帯……」

変化を感じたら連絡してくれなんて意味深に言っていたのに、まさかの即連絡である。いーんだよ、女は気まぐれでも許される生物なんだから。

と、ポケットを漁《あさ》っていたとき、誰かが近づいて来ることに気づく。そいつは黒髪を背中まで伸ばした奴で、やけに生意気そうな顔つきをしていた。

「……先輩、いつになったら携帯に出るんですか」

「あれっ、こんな場所にどーしたの？」

「わざわざ来ましたよ！　先輩とあまりに連絡がつかないものだから！」

おっとー、殺気がすげぇー……。まったく面倒くせえな。

こいつは会社の後輩であり、俺が殺人鬼から守ってやった奴であり、貴重な休みだってのに家までやって来る雨竜千草《ちぐさ》という女だったりする。

へらりと笑いかけると、反比例するように雨竜の眉が逆立った。

「俺、プライバシーってのを大事にしたいんだよね。ほら、分かるだろ？　何があっても守りたいものってやつがさ」

「電話、出ろ、テメエ」

俺は首を絞められた。

おっかしいなー、命の恩人じゃなかったの？


「散らかってるけどさ、あがってー」

ガチャリと扉を開くと……ほんと散らかってんね、って顔をお互いにした。テレビとベッドと小さなテーブル、それと窓際には机がある。それが俺の部屋だ。

ただでさえ狭いってのにネット通販のダンボールだらけだし、サバイバル道具まで並んでたらおかしな光景になるわな。雨竜はきょろきょろ周囲を眺めながら靴を脱ぎ、後をついてくる。

それからじろりと目つきの悪い瞳がこちらを向いた。

「後藤さん、雰囲気変わりました？」

「え、俺？　さあ、あんまりチェックなんてしないし。まあ雰囲気が変わってきたなーって自分で思う奴なんていないだろ」

いや、いるか。部屋の照明用のヒモにシャドーボクシングをした後とかな。あと風呂上がりに鏡を覗き込んだとき。なんてアホなことを考えながら座布団をぽいぽいと床に置く。スカート姿の雨竜は腰を下ろしながら見上げてきた。

「そうですね、以前から男みたいでしたけど、この一週間のあいだで強そうな感じに変わりました。この部屋だって女性の部屋とはまるで思えません」

まさかの全否定である。これが後輩からの言葉とは俺も思えませんよ。

女子力が不足してるのは自覚してるけどさー、あんなの無くても困らないんじゃない？　内装も金がかかるだけだし、ゴミとか埃まみれじゃないだけで良いと思うんだけどなぁ。

ただ雨竜は嘘をつくような奴じゃないので、俺の雰囲気が変わったと感じたのは本当なんだろう。レベルとやらで実際に強くなってるのも影響しているかもしれない。

と、そんな内情を知らないだろう雨竜は、申し訳なさそうに視線を落とした。

「お元気そうですね。あんな目にあって……てっきり先輩は布団からまったく出れず、憔悴《しょうすい》しているとばかり思ってました」

「いや、大体合ってるよ。丸1日くらいは、ほんとそんな感じだったし」

そう答えながら、テーブルの上にあった邪魔なものをどけていく。新品のサバイバルナイフとかメタルマッチとかそういうやつね。

雨竜が黙って見上げているままなので、再び俺は口を開く。

「そこのベッドで布団をかぶって、ずっと動かなかったし動けなかった。あんな目にあわされて、どうしたら良いのか全然分からなくなったんだ。頭まっしろ状態だよ」

おどけた仕草をしたが、クスリともしない。くっそ。

そんな雨竜の顔を見ながら、がちゃがちゃと箱にしまっていく。こいつはびっくりするくらいまっすぐに見つめてくる奴なので、視線とかが苦手な人は相手をしたがらないかもな。俺はまあ、先輩として教えてたから慣れてるけど。

つきあいも短かったし、世間話もほとんどしていない。だから親しい仲とはお世辞にも呼べないが、心配させたのは素直に申し訳ない。だから本音が口から漏れてしまった。ぽろっとな。

「すごい怖かったよ。たぶん今でも怖い。それをどうにかしようと思ってさ、あれこれ調べ始めているのが今の俺なんだと思う」

自分で口に出しておきながら、言葉が胸にすとんと落ちてくる。今まであまり考えなかったけど、たぶん実際にそうだったのだろう。俺は本当に怖くって、お布団から出られなかった。

本音を聞いた雨竜はスカートをぎゅっと掴み、うつむいてゆく。

こいつもこいつでかなりの恐怖を味わっていた。目の前で死んでいこうとする俺を見ていたんだ。ある意味で、こちら以上に恐ろしい思いをしたんじゃないか？

ずっと黙っていた雨竜は、ようやく唇を開く。それはひどく恨みのこもった声だった。

「いまだに見つからないそうですね、あの男。商店街はまだ焼け落ちたままなのに、周りの人たちはどんどん普通になって、事件の前に戻ろうとしている……私はそれが気持ち悪いです」

まあな、と俺は息を吐く。関係ない奴らにとってはどうせ他人事だし、新しい手掛かりやネタも無いんじゃテレビ番組から消えていく一方だ。あいつらが言えるのはせいぜい「一体何が起きたのでしょう」「続報に期待しましょう」くらいだし。

ネット上では相変わらず盛り上がっているが、あんなのはただの終末思考の集まりだ。ヤバいとかオワタとか同じ単語をぐるぐる繰り返していて、ひとつも役立つ情報なんて無い。今のところ真実を知っているのはごく少数なんだし、俺だって頭のおかしい奴と指さされかねない。

そう思っていると雨竜は顔を上げ、気を落ち着かせたいのか深呼吸をした。先ほど以上にまっすぐに見つめられて、ぱちくりとしてしまう。

「お礼を言わせて下さい。あの日に助けていただいたお礼を」

「いや、あれは俺が勝手にやったことでさ、気にする必要は……」

無い、という言葉を飲み込む。雨竜は両膝の前に手を置いて、深々と綺麗な姿勢で頭を下げたのだ。態度は悪いが礼儀には厳しい。そうと分かるお辞儀だった。生意気そうに見えて、意外と育ちの良い子なのかもねぇ。

「お互い無事だったんだ。それで良しとしようぜ」

「……なんで先輩は無事なんですか。首、半分くらい切られてましたよね」

肩に手を置いてなぐさめるつもりだったのに、ぐるんっと雨竜の顔がこちらを向いた。

あー、なんというか説明しづらいな、こいつは。

「首は治ったけど、そのかわり会社はクビになっただろ？　まあ自主的な退職だけどさ」

「それも何故ですか。私がどれだけ心配したか分かってるんですか!?」

こらこら、顔をぐいっと寄せるな。お前はそんなに熱い奴だったか？　違うだろう、現代っ子代表みたいなクールな奴だったはずだ。いつもなら「先輩？　ああ、道端の石ころでしたね」と言ってもおかしくないようなキャラクターだと思ってたのに。

なんて困っていたらもっと困ることになった。俺を睨んだまま大粒の涙がにじんできたんだ。さすがにね、俺も慌てて目ん玉を見開いたよ。

感情が先走っているのか、ひくひくと目元を震わせながら後輩から尚も問いかけられる。

「か、勝手に、助けて、会社っ、いなくなって、わたっ、わたしがっ、悪いからっ、だから電話も拒否されて……！」

「あ、あー、そうじゃないぞ。電話に出なかったのは忙しさにかまけていただけで、今日なんて警察署に行ってたから……」

大きめの瞳を瞬かせると、ぱたたと透明なものが……って、うわー、ガン泣きだー。

泣いたことに彼女自身が一番驚いたらしく、指に落ちた水滴をじいと見る。それからくしゃりと顔を歪ませて、うあーんと子供のように泣き始める。

女の子の泣き顔は可愛いって言うけどさ、ありゃ嘘だ。顔を真っ赤にして、涙と鼻水でベシャベシャだし。ちょっとサルに似てるなー、とか思いながら慌てて安物ティッシュを何枚か取り、狂犬なはずの俺が涙を拭いてやる始末だった。

まあ、泣く子には勝てないってのは真実だな。それだけは分かったよ。

びぃぃっと雨竜は思い切り鼻をかんだ。

やはりクールな奴らしく、けろりとした顔でこちらを見る。

「すみません、冷静さを欠いてしまって。これ、遅れましたが召し上がってください」

「あ、和菓子だー。甘いの久しぶりだから嬉しいな。お茶を淹《い》れるから一緒に食べようぜ」

こくんと真顔で頷かれた。いつもはふてぶてしいくらいだけど、泣いたせいで頬が赤くって、どこか子供っぽい仕草にも見える。

可愛い奴ってこれだから得だよな。俺が泣いたらたぶん「雪でも降るのかなー」って皆が窓を見るだろうし。なんて思いながら、どっこらせと立ち上がる。

当の本人は泣いたのもすっかり忘れている様子で、きょろきょろと再び部屋を見回した。

「先輩、この荷物は何ですか？　今度は家を捨ててサバイバル生活でもするのです？」

やかんを火にかけながら、俺はキッチンから振り返る。雨竜は火おこしの道具、マグネシウム性のロッドを手に持ち不思議そうな顔をしていた。

「似たようなもんだ。これから覚えるところだけど、少なくとも会社生活よりは楽しいかな」

なんて答えながらも実際のところは大充実である。サバイバルの専門書とかさ、試しに読み始めるとめちゃくちゃ楽しいから。文字で読むより分かりやすそうだったから漫画も買ってみたけど、これがマジでほんっと面白い。ちょっとずつ知識をつけて居住地を整えたりとか熱くてたまんないね。ゴツいナイフひとつで道を切り拓くような生活ってのは、現代人にとってファンタジーの領域だよ。ぜひ読んでほしい。

などと熱く語ったのだが、雨竜は「ふーん」と分かったような分からないような返事をしつつ、多少は興味があるのか荷物を覗き込んでいた。いや違う。こいつは自分で理解できないものを調べたがる性格だった。身につけるまで決して諦めないから、性格に難はあっても社会人としての素質は高い。まあ、感情を表すのがすごく下手だから、周りから距離を置かれがちだけどさ。

ぴぃいとやかんが音を鳴らす。

それを急須に注ぎながら、最初の質問から答えてあげることにした。週末にわざわざ訪ねて来てくれたんだ。せめてスッキリさせて帰してやりたいし。

「怪我が治った理由は、もうちょっとしたら教えてあげるよ。もちろん雨竜のことは恨んでないし、むしろ毎日が楽しくてすっかり忘れていたくらいだ……って、なんで睨むの？」

ぷいと顔を逸《そ》らされた。めんどくせーな、こいつ。何か思うことがあるんだったら、その歪みまくった口から出したらどうですかぁ？

「さっき言ったみたいに、俺がサバイバル道具を用意しているのは……」

小皿とお茶を手にキッチンから戻ると、ちょっと俺は固まった。ぎしっと音が出そうなくらいにな。すぐそこで雨竜が闇礫の剣《バレットソード》を手に取り、まじまじと眺めていたんだ。

「あの、雨竜ちゃん？」

「ちゃんと刃がありますね。模造刀ではなくて本物の剣ですか」

「あ、あー、それ貰った奴なんだ。ほら、おじいちゃんの形見ね」

にこりと笑いかける。彼女はこちらを一瞥《いちべつ》もせず、品定めをするよう刃先までをじっと眺めているが……なんか姿勢が様になってるな、こいつ。

「あのう、危ないから下ろしてくれません？」

「これ、すごくバランスが良いですね。本当に先輩のものですか？　私が持っている刀より質が良いです。でも形がすごく変わっているのは気になりますね」

そーお？　会社員の女が刀を持っているほうが気になるよ？

あ、最近はそういうブームもあるのか。なんたら女子って言うんだっけ。まったく、物騒な世の中になったもんだよ。まさか刀鍛冶の人たちも自分の生み出したものが「萌え」に転化されるとは思いもしなかったろうな。

和菓子を皿に置いたとき、ふと俺は気になった。それは通り魔から襲われた日のことだ。あいつは「お前にしておこう」と言い、雨竜から俺へ視線を移していた。それから首を切られ、ステータスとかレベルとか意味の分からん世界に俺は足を踏み込んだのだが……それには少しだけ違和感があった。その言い方だと、まるで別の候補者もいたような口ぶりじゃないか。

——雨竜もいるが、威勢の良いお前にしておこう。

そういう意味だったんじゃないのか、あのときの言葉は。憶測で足りない部分を補ってみると、気のせいか妙にしっくりと来た。

ガイド君、あのとき雨竜が選ばれていたらどうなっていたと思う？

《仕えるべき主人は、彼女になっていたと推測されます。後藤に近い才覚があります》

やっぱりなと思う。同時に繋がるところがいくつかあった。通り魔は殺し目的ではなく、ステータスやレベルなどの能力を強制的に目覚めさせていたのでは、という疑念がここで固まる。ただしモンスターが出るようになった原因「次元が断たれた」というのもそいつの仕業だから、救済などとは正反対の行為だろう。

次に雨竜のこと。

才能はあるらしいが、どうすれば目覚めるのかまでは分からない。前に案内者は「やがて変化が訪れる」と言っていたので可能性としてはあり得る……かもしれない。

おい、雨竜も同じ能力に目覚めるのか？

《不明です。私が以前いた世界では、一定以上の才覚がある者は自然と身につきます。魔物との遭遇や討伐により習得する可能性はあります》

ん、やっぱそうか。変化として分かりやすいのは経験値を得た場合だろう。もしレベルアップでもすれば……などと思う。でもなー、これからひと狩りいこうぜ！　なんて誘えないよねー、常識的に。

「……先輩？」

そう怪訝そうな顔を向けられる。勝手に剣を触ったことに俺が怒っているとでも勘違いされたかもしれない。でも実際のところ、彼女に教えるべきかを悩んでいたんだ。レベルやステータスという世界、そして魔物が現れ始めているなんて状況をさ。

ん、決めた。今だと頭のおかしい奴だと思われる。もう少ししてから伝えよう。だけどももしも前と同じように何かあったときは、今度もまた助けてやりたいかな。

「これからさ、騒がしいなー、困ったなーってときがあったら俺を呼んで。雨竜からの電話は取るようにするし、なるべくすぐに駆けつけるからさ」

「は、い……？　水道の水漏れとかですか？」

まあ似たようなもんだ。「ちょっと赤いなー、この水」って思うだけで、飛んだり跳ねたりするのも同じだ、たぶん。

どうぞ返しますと柄を向けられたので、受け取ってからぽいとベッドに放った。

全部を伝えられない状況だけど、互いの憂いは晴れたかな。俺の場合は完全に忘れてたから、そこは申し訳ないなと思うけど。あとはまあ、会社の連中がどうなっているかを教えてもらったりして、美味しく和菓子をいただきましたよ。

ひさしぶりだったけど、元気な顔が見れたのは良かったかな。それは向こうのセリフだったろうけど、久しぶりにケラケラ笑ったりして友達との会話ってやつをさ、楽しめたんだ。


なんて青春の一ページみたいなことを思ってた。

雨竜が俺のパソコンに興味を持つ、その瞬間まではな。

完全にリラックスモードなのか、後輩はこちらに小さなお尻を向けて、ゲームの四角い箱を覗き込む。それから振り返りもせずに問いかけてきた。

「このパッケージ、先輩もＦＰＳをやっているんですか？」

「ん？　ああ、最近流行ってんだってな。買ったはいいけど遊ぶ時間が全然無くってさ。それよりも雨竜、パンツが見えてんぞ」

ふうんという生返事と共に、後輩は腹ばいになったまま足をぱたぱたと揺らす。

なんか絵面だけ見てるとケツと話してるみたいだな。いらっとするけど、先輩として余裕のある態度を示してやらないといけない。仕事はもう会社を辞めたから教えられないが、大人としてのクールで常識的な対応なら話は別だ。

「おい、人様にケツを向けて話すんじゃねーよ。その尻をひっぱたくぞ」

「私、かなりやり込んでいるんです。今度一緒に遊んでみませんか？」

おいおい、おケツ様がなんか話しかけてきたぞ。さっきガイド君が「俺と同じくらいの才覚がある」とか何とか言ってたけどさ「ふてぶてしい態度が」ってわけじゃないよね。

爪先を揃えて機嫌良さそうに左右へ揺らしてるし、わくわくされても困るんだよ。俺はもうとっくに飽きちゃったゲームだしさ。

「なんかさー、そのゲームつまんなくない？　すぐに粘着してくる馬鹿もいるし、妨害ばっかりされてイライラすんだよね」

そう言うと、むくりと雨竜は起き上がった。こちらを振り返った表情はどこか険しくて、ふんと挑発的な鼻息をひとつする。

「先輩、まさか初心者なんですか？　下手な人は邪魔なので最初から最後まで粘着をして、引退をさせるのがこのゲームの基本ですよ」

「はあー？　なんだよ、その基本ってやつは。意味分かんん、ね……」

ん？　と疑問を持った俺は、サバイバル漫画を読むのをやめて身体を起こす。

ずっと前に遊んだとき、かなり嫌らしい粘着をされた記憶がある。スタートをしたらヘッドショット、銃を拾ったらヘッドショット、という具合に、再出撃のカウントダウンを眺めている時間のほうがずっと長かったくらいに。確かそいつのキャラクター名は『ＵＲＹ』とか何とかだったような……。

「雨竜、お前さあ、この前の日曜日に初心者を追い回した？」

「え？　はあ、そうですね。Ａとかいう短い名前の人を……あっ」

あっ、じゃねえよ！　無表情で「あたしったら」みたいに頭をコツンとかするんじゃねえ。どこで覚えやがった、そのぶりっ子ポーズはよお。なんかすげえ腹が立つんだけどさ！

思わずゴゴゴという擬音が似合うほど、俺は青筋を浮かべてぶるぶると震えた。

「お、お前さ、頭おかしいんじゃね？　粘着して引退させるのが当たり前とかさ、精神的に病んでるとしか思えないよ？」

「まさかと思いましたが、あれは先輩だったんですか。それよりも訂正をしてください。このゲームは互いのロジックをぶつけ合い、互いに技を高め合える素晴らしい出来です。難しくて先輩が覚えられなかっただけだと認めてください」

あっ、くっそ、今すぐにこの生意気な後輩を殴りてえっ！

なんなの？　俺が無事かどうかを尋ねてきたはずなのに、泣き喚くし女らしさを全否定するし、あまつさえゲームごときに謝れだと？

「……サイトの評価を見たけどさ、星みっつじゃん。派手なだけのクソゲーだって皆言ってるよ。不正者の取り締まりができないのが致命的なんだって。初心者の俺は知らないけどさ、じゃあクソゲーなんじゃないっすかぁ？」

くいっと顎を突き出す変顔でそう答えると、むっすうと不機嫌そうに雨竜の眉は逆立った。

「それは不正者に嫌な思いをした人が多いだけです。ゲームの評価ではありません。まさかと思いますが芋虫みたいに這っていた先輩が叩きのめされたのは、不正が使われていなかったと気づきもしなかったのですか？」

　小さなテーブルを挟んで、ぐぬぬと互いに睨み合う。

　それからちょっと、いやだいぶ俺は驚いた。バンと力任せに彼女はテーブルを叩き、そこにあった道具を思い切り壁に投げつけたんだ。いつも冷静な彼女らしからぬ……いや、いまのような行為をしても、部屋がシンと静まり返っても、雨竜はまったく気にしていない。ただの現代っ子な女性じゃないと、ようやくそこで俺は気がついた。

　真面目な子かと思いきや飲み会にも来ず、自分の歓迎会さえきっぱりと断り、前任の教育係は早々にさじを投げた。それらが糸のように繋がると、さっきまで確かにあった怒りが、すうっと空気みたいに消えるのを感じた。

「……俺さ、ずっと前に謝りたいことがあったんだ」

　そう話しかけながら、ナイフを持った彼女の手首を掴む。華奢《きゃしゃ》で細くて、やっぱり女の子らしい手首だ。すこしだけ大きな瞳をした彼女は、俺の言葉を聞こうと見つめてくる。

「そいつは俺のワンピース姿を見てさ、似合わないってゲラゲラ笑ってたよ。ずっと男みたいな格好をしてたし、思春期ってそういうもんだろ？　だけどそのときの俺は許せなかった。最後に父親が買ってくれた服だったし、似合わないのは知ってたけど気に入っていたからさ」

　ごとんとテーブルに鞘つきのナイフを置く。掴もうと思えばまた掴めるような場所だ。でも彼女の感情を表さない瞳は、じっと俺を見つめているのでナイフには向けられない。

「子供のころは強くってさ。今はもっと強いけど……じゃなくって、俺を狂犬だと罵ったそいつを血だらけにしちゃったんだ。そのときの喧嘩でワンピースも破れちゃって、もう着れなくなった。それからはずっと話もしなくって、中学生になるときお別れになってそれきりだ」

「……先輩は別に謝らなくて良いと思います」

幾分か冷静になった雨竜は、そう答えてくれる。だから心のなかでちょっとだけ安心をした俺は、にんまりと笑みを浮かべた。

「謝りたかった相手は、そいつじゃなくって俺の父親だ。ぷいっと無視をして通り過ぎれば良かっただけなのに、なんでそんなに最悪な道を選んじゃったんだろうなって今でも思うよ。ちなみにその男にはまだ腹が立ってたから、卒業式の日に泣くまで尻を引っぱたいてやった」

くすりと彼女は笑ってくれる。

だったらまだ大丈夫かな。

こいつの社会性に問題があったたって、俺も人のことは言えないんだ。すぐに怒るし、適当だし、斧だって振り回す。でも似た者同士のおかげか、お互いの言葉を聞こうとしている。ならきっと大丈夫だ。あの子供のときみたいな失敗をしないで、雨竜が友達のままでいてくれる気がする。それが分かってからようやく一歩だけ俺は引いた。

「今度、一緒にゲームで遊ぼっか」

「そうしましょう。私、上達する方法を教えます」

あんまり上手には教えてくれそうに無いなー、なんて思いながら俺は頷いた。それはそれで彼女らしくて面白そうだけどさ。

礼儀正しく頭を下げ、雨竜は暗くなる前に帰って行く。

またねと俺は声をかけ、その背中に向けてバイバイと手を振った。

# 第五話　夜の巡回

んで、だ。雨竜を送り出して早々、俺は部屋に戻って準備をすることにした。

余りまくっているダンボール、それと多めに買ったガムテープに手を伸ばし、じゃこりっと切れ込みを入れてゆく。大型のカッターとか持ってカチカチ鳴らすのは小学生の図工を思い出してちょっとだけ懐かしい。だけど作ってるものはというと剣の周りを覆うもので、職質されたり捕まったりしないための「偽装」という文字が頭についた工作なんだけどさ。

善良な一市民である俺がどうしてこんなことをしているかというと、夜の案内者《ガイダンス》によると今夜は5箇所でモンスターが出現するらしい。夜の9時から深夜の2時にかけて。

とうとう始まってしまった夜勤シフトに、最近のニートってこんなに忙しいんだなとアホなことを思う。だけど弾や装備品のために素材が欲しい身としては、ギズモを狩りたくて狩りたくて仕方がない。ちょっとしたカブトムシ捕りの気分だったりする。

こういうときは本当にバイクが届いていればなと思うよ。納車まであとちょっと。それまでは真面目にカブトムシ……じゃない、ギズモを捕まえて地域の安全を守ってみせるぜ。

え、物欲に目がくらんでいるって？　ぜんぜん違うよ。どこからどう見たって東京を命懸けて守ろうとしており、かつ愛と平和を何よりも愛している者の姿じゃないか。ちょっとだけ口元が怪しくニヤニヤしてるけどさ。

「んー、なんとか収まりそうか。ちょっとはみ出すのは仕方ないとして、穴が空かないようにもうちょっと下を補強しとくかな。自転車だとガタガタするだろうし」

押し入れから引っ張り出してあるのは、ちょっと頑丈な肩掛けつきの釣り竿入れだ。俺は形から入るタイプなので耐水性と耐久性もしっかりしている。ただし、じっと待ち続ける釣りはイライラしちゃってすぐに投げた。

そこに俺の唯一の武器である闇礫の剣《バレットソード》を押し込んでゆく。え、ロングアックス？　あいつはこれからの戦いにはついてこれないだろうし部屋に置いていくよ。重いし。

穴が開かないように、もうちょっとガムテで厚めに補強するか。などと調整をして、どうにかこうにか黒剣は収まってくれた。

破れても構わない古いズボン、長袖のシャツ、それと放置してたら勝手にビンテージ物になったつば付き帽子を指にひっかける。厚底のジャングルブーツを履いてから外に出ると、外はもう真っ暗だ。

カンカン階段を鳴らしながら降りてゆくと、そこには今夜の相棒であるボロい自転車が待っている。残り短い付き合いだし、全力で漕いでやろうかね。

そこでふと気がついた。昨日まではあまり気乗りしなかった外出が、このときはなぜか楽しみだと思えたんだ。これから何かをするという目標を持つと、以前の夜と違う光景になるらしい。

雲の向こうでおぼろげに輝く月を眺め、俺は一歩を踏み出した。

うっし、楽しいギズモ狩りの始まりだぜ！

★★★★★

――ドシッ！

夜の9時。それが闇礫《バレット》の弾丸を吐き出す時刻だった。

ただしそれは本体の「巣」ではなく、飛翔するギズモに向けてのものだ。そいつは空中に破裂音を残して黒い体液をばらまき、犬の散歩で通りがかった中学生くらいの男の子はビクッと震えていた。

遅れて犬がけたたましく吠え立てるなか、俺は暗がりからぬうっと姿を現す。

かなりマズい状況だった。

奴らの「巣」が住宅地に発生してしまい、たまたま通りかかった子を狙ったのだ。「巣」とその子の距離は数メートルしか無く、こうして不意打ちの好機をフイにするしか無かった。

危機を察して飛び出してきたギズモらが、ぶわっと飛翔をすると俺の心臓も大きく跳ねる。

これから最適な行動をしなければ、あの子は死ぬ。なので目深にかぶった帽子の奥で、たぶん俺は迫力のある目つきをしていたと思う。

剣の背に沿って進む弾丸《バレット》は、シュカッと一直線の火花を散らして吐き出される。こいつは初速こそ遅いものの、回転をすることで速度と威力が格段に増す。ビシシッと2匹の兵隊を巻き込んで弾丸《バレット》は「巣」の中央に突き刺さり、奴らの意識は完全にこちらへ向いた。

「レベル4、か……」

勘だけでそう囁く。なんとなく格好良い気がして。

こいつは住宅街の庭木で生まれたらしく、探すのに手間取った。

生垣に囲まれた小道では人が2人くらいしか並んで通れない。さらには硬直して動けない子がいては、こうして近距離で戦わざるを得なかった。

「おい坊主、静かに後ろへ離れろ。ゆっくりとだぞ」

そう声をかけると、コクコクと頷き返してくる。

何が起きているかなんて分からないだろうに、全身に鳥肌が立っていそうな顔色で、ゆっくり、ゆっくり後ろへ下がっていく。よしよし、偉い子だ。

がむしゃらにゴウゴウと吠える犬の鳴き声、そしてギズモらの羽音だけが俺には聞こえていた。それがすぐ耳元から聞こえた気がして、恐怖心に思わず首をすくめてしまう。

フーと息を吐く。怖いとか死ぬとか思っちゃ駄目だ。それは怯《おび》えているだけで、今の状況だとまったく役立たない。最悪の道から外れるためには、最も確実で安全な方法で対応をしなきゃ駄目だ。無論、その方法とは相手よりも先に攻撃することだと決まってる。

大して狙いもつけずに発射をするのと、ギズモらが急激に回転をし、弾丸のように向かってくるのは同時だった。えっ、ここに来て新技っ⁉

バッ、ゴギッ！　ゴギギギ！　バカンッ！

とっさに生み出した俺の盾は「カシシシッ！」と宙で合体をし、迫りくる魔物らからの視界をふさぐ。といってもまだまだ幅30センチ程度しかないので、頭から胸までを覆うのが精々だ。

地面に片膝をついたが、ざくざくっと肩へ走る激痛は……。

「ぬう――――ッ！」

どっと汗をしたたらせ、俊足《ヘイスト》を使って逃げれば良かったと今さらな後悔をする。いや、今回は正面で引きつけないといけなかったから仕方ない。良い判断だったと自分を褒めよう。

相手にとっても猛烈すぎる体当たりなので、盾に触れた奴らは皆ゴミクズみたいになって散ってゆく。辺りに撒き散らされた体液は、どこか煙草のヤニみたいに鼻の奥にへばりつく嫌な臭いをしていた。

左手の指をそっと開く。六角形の集合体である盾はそれぞれ分離をし、俺の視界を元に戻してくれる。どうやらこちらの弾は狙い外さず貫通していたらしいが、もう一発を撃ちたくても肩が痺れたように動かない。たったいま穴だらけにされたせいだ。脇の下へ温かい血がどろっと伝ってゆくのを感じる。

その空白の時間に、歯を剥き出しにする犬がリードを振り切って猛然と走ってきた。

ガウウッガウウッ!!

待って待って、なんで俺に向かってまっしぐらなの!? シリアスモード全開だったのにおかしいよ、こんなの絶対におかしいよ! バカっ、このバカ犬っ!

ふと、そいつを目掛けて飛来するギズモに気づいて、咄嗟《とっさ》に俺は渾身の前蹴りを放つ。ジャングルブーツの厚底でゴミ虫を踏み抜くと、黒剣を左手にパッと持ち替え、おかしな体勢であろうと気にせず——バズッッッ!——闇礫《バレット》の弾丸は、狙い外さず「巣」を打ち抜いた。

ビシィッ!

そいつはぶるりと震えたかと思うと、「巣」はあらゆる角度からヒビ割れを始め、やがて臨界を迎えたように爆風を撒き散らした。

どおっと弾けた空気により帽子はすっ飛び、こらえきれず俺は尻もちをつく。

前はびっくりしたけど、今はホッとするほうが先かな。散らばってゆく魔物たちを眺め、は〜〜、とため息を漏らしてアスファルトに寝転んだ。

ゴルルッ! ゴルルルッ!!

後はこの、俺の足に噛みついているバカ犬をどうにかするだけか……。おーおー、眉間が皺だらけだこと。おっかないねぇ。

それとようやく理解したけど、やっぱもう駄目だわ。

慌てて駆けてくる飼い主を眺め、こつんとアスファルトに頭を置いて考える。

一人だと絶対に無理。人気《ひとけ》のない場所にいっつも敵が出るとは限らないし、もしかしなくても普通に人に被害が出ちゃう。もう全然ダメ――。無理――。


「あー、ひとつ目からアレかよ。つっかれたー」

シャーッと夜道で自転車を走らせながら、そうボヤく。さっきの傷はとっくに継続治癒《リジェネレーション》で治してある。肩のあたりは穴だらけで、健康的なつるんとした肌が覗いていた。

火照った身体を冷ますように俺は息を吐く。夜のサイクリングって昼間より速い気がして、おまけに空気も落ち着いているから走ってて気持ち良いね。

通り過ぎてゆく街灯を見あげながら、視覚リンクだか何だかの機能を動かすと、次の巣までの距離「22キロ」という表示をされて……すっごい面倒くさい気分になった。これから1時間以上もペダルをぐるぐる回すのかよ。

一人でひっそりと心が折れた俺は、すぐさまズボンのポッケから携帯電話を取り出した。ながら運転は良くない？　違法？　だけどイヤホンをしていれば問題ないよね。もちろんそんな気の利いたものを持っているかは分からないけどさ。

しばらくコール音を聞いていると電話が繋がった。

「西岡だ」

「あ、遅くにごめんねー。匿名でタレコミをしたいんだけど平気？」

「……ああ大丈夫だ。何かあったのか？」

「うん、ちょっとした異変というやつを教えようと思ってさ」

一転して声色を変え、含みのある言い方をしたけど「犬に噛まれて泣きそうになったから助けてほしい」というのが正直な気持ちだったよ。

別に西岡さんじゃなくって完全に匿名として通報しても良かったけどさ、でもそうしたら信用してもらえないと思う。運が良かったら一人だけおまわりさんが見回りにやって来て、目を覆うような被害が出て終わっちゃう。だからちゃんと動いてくれそうな西岡さんに声をかけたんだ。

さて、どこの地域を伝えたら良いだろう、と俺は視覚リンクされている地図を眺める。どこを担当してくれたら楽だろうか。彼らに最も適した場所はどこだろう。

そしてひとつの出現予測エリアを俺は見つめた。

★★★★★

よーい、どんっ。

思い切り地面を踏み、俊足《ヘイスト》を発動すると周囲の景色は目まぐるしい濁流になる。

コンクリートに囲まれた高架下はどこか無機質に感じられて、深夜とあって人気も無い。そこを俺は陸上選手ばりの姿勢で駆けていた。

あ、全力疾走をしているのは、別にランニングをして健康になりたいなーっていう目的なんかじゃない。辺りが完全に無人なら、さっきと違って思いっきり暴れられるだろ？

そら、おでましだ。目の前のでっかい「巣」からは、危機を察したギズモっていうイガ栗に似たやつらがブンブンと飛び立ち始めたぞ。

こいつらが魔物と呼ばれているらしいが、俺はまだ詳しく知らない。

んで、俺が手にしている得物は闇礫《バレットソード》の剣という名だ。今夜の戦いで扱いにはだんだん慣れてきたけど、まだこれからだと感じてる。剣道歴なんて無いし、今は棒っきれを振り回してるのと変わらないんじゃないかなぁ。

だけど手にしっくり馴染むし、なかなかの切れ味。

「ぃよっ！」

視界の端に映る俊足《ヘイスト》の残り歩数を眺めつつ、通り抜けざまに「巣」へ叩きつける。

こいつの構造は蜂の巣に近しいらしく、手ごたえは硬く細かなものだった。だけど勢いをつけたおかげで、ざっくりと半分まで火花を散らしながら斬れたっぽい。

そして目の前に迫ったイガ栗へ、慌てて俊足《ヘイスト》でステップを刻む。この技は歩数制限ありだけど普段よりずっと速く走れる。俺が一番最初にポイントを消費して覚えたのがこれね。

それから半身になって背後へ剣先を向けると、先ほどの闇礫《バレットソード》の剣はもうひとつの特性を見せてくれる。まっすぐの剣の背には溝があって、そこに沿ってシュカッと弾丸《バレット》を放つんだ。

真っ黒な剣だから分かりづらいけど、よく見たら引き金と小さな照準もついている。有効射程は50メートルと遠距離でも近距離でも役立つ武器であり、かなり気に入っている。俺が一番最初に生産したのがこれね。

吐き出した弾丸《バレット》は、周囲を飛び回るギズモたちを素材にしている。だから無数のトゲがついてるし、剣先を離れたとたんに回転して推進力と威力をあげる。当然のこと実弾みたいな発砲音は立てない。

「これがけっこー良いんだよなぁ。まず通報されないしさ」

などと呟きながら、ぎゅぎゅっと急ブレーキ。

走りながらの射撃だと、さすがに当たんないねコレ。大きく外れた弾道を見て、すぐさま片膝をついて2撃目、3撃目を放つ。バシュッ、バシュッ、と。

ド真ん中とは行かなかったが、本体を傷つけられた相手にとってはたまらない。ふざけんなとばかりに、耳をふさぎたくなる無数の羽音が響き渡る。反響しやすい高架下なら尚更だ。

数が多いし蜂みたいに不規則な飛び方だし、頭にでも喰らえば致命傷になりかねない貫通攻撃を持っている。だけどこの距離になると相手は直線的に向かわざるを得ない。まっすぐ俺という敵めがけて迫りくる。

なので慌てず騒がずグローブをはめた左手を差し出し、ぐっと握る。すると六角形の部品たちが集合をし、カシシッと隙間なく並んでくれる。この闇礫の盾《バレットシールド》は今夜の収穫によって増強をしたので、今の広さは1メートル四方ほどとなっている。

ガッ、ゴッ、バゴゴゴゴッ！　と夕立の雨粒から打たれたような音がした。再び指を開くと盾は自動的に解除されてゆき……そこには何も残っていない。ただ地面にギズモの残骸がばらばらと散らばっているだけだ。

んじゃまあ、弾丸《バレット》の消費がもったいないし、このままやっつけちゃうね。

ぺろりと俺は舌舐めずりをすると、再び俊足《ヘイスト》を行使した。


「ん〜〜、楽勝〜〜っ！」

高架下から出てきた俺は、新鮮な空気を吸いながら大きく伸びをする。

怪我もしなかったし、消費する弾も抑えられている。やったぜ、とガッツポーズを決めるほどの成果だ。初戦なんて無様でひどいもんだったよ。今じゃ考えらんないね。

「おっと忘れてた、素材収集《コレクト》」

背後に手を向けると、残骸と化したギズモたちが青白く輝き、ひゅんひゅんと軌道を描いて俺の手に吸い込まれていく。ごろんと手のひらに転がったのは黒色のサイコロみたいな形をしたやつが7つ。元々は命があったせいか、小ささに反してズシッと重い。

これが先ほどの勝利による戦利品だ。俺のように鍛冶士《ブラックスミス》という職業《ジョブ》を持っていれば、武器や防具、そして弾丸《バレット》などのアイテムに加工できる。

今回は取れなかったけど、魔石とやらが装備品の核になってるんだってさ。いま取ったのは「闇礫の破片《ギズモピース》」で、レアのほうは「闇礫の魔核《ギズモコア》」という名前ね。

小さな達成感だけでなく、こうして武器を揃えられるのは助かるよ。消費する一方にならないで済むし、お財布にも優しいからな。そのうち魔物で溢れかえるらしいし、そのときのためにできるだけ蓄えておかないといけない。

がしゃんと自転車の鍵を外し、先ほどの黒剣を釣り具入れにしまう。ダンボールで補強してあるのがちょっとだけ悲しいけど仕方ない。職務質問されたら次の出現場所には間に合わないんだし。

スマホをつけると、画面には現在時刻が表示された。

「おっ、そろそろ時間かぁ。じゃあ様子を見に行ってみようかな」

そう呟きながら俺はペダルを踏む。

シャコーッと走り出すと、火照った身体に風が心地よかった。

これが俺の選んだ生き方であり、これから東京でサバイバル生活をして生き延びようとしている姿なんだ。ちょっとだけおかしな女だと思うけどね。

深夜2時、桜ヶ丘公園――……。

自転車を手で押しながら歩いていた俺は、遠くで明滅する明かりに気づいて足を止める。

「おっ、けっこう集まってら。こりゃ西岡さんのおかげだな」

数台のパトカーが公園の入り口をふさいでいるのを尻目に、柵を乗り越えて敷地に入る。こういうときは自転車のお手軽さは楽ちんだ。安物だから盗まれてもあんまり困んないし。

「はー、夜景を一望できる場所とかさ、一人だと逆に心細くなっちゃうんだよね」

柵の向こうをぼんやりと見つめ、なかなかの夜景にも関わらずため息しか出て来ない。だって区外の多摩市まで来ちゃったし、40キロもの走破をしたんだもん。ああー、帰り道がすごく面倒くさいよー。とか言いながらタイル地の路上でうずくまっちゃう。

いやもちろん素材は欲しいし、レベルってのも上げたいよ？　だけどさ、俺の知っているゲームとかだと、町のすぐ外をうろうろして「眠くなったし帰るか」くらいのお手軽さが当たり前だったんだよね。最近のゲームとかもそうだけどさ、もうちょっとリアルさを捨てたって良いじゃん。などと意味の分からない文句を俺は言う。

「まあ今回は放ってもおけなかったし、人任せで済むから良いかぁ」

ズズと鼻を鳴らしながら振り返ると、入り口をふさいでいるパトカーの明かりが樹木の向こうに見える。深夜とあってかサイレン音を消しているが、辺りを赤く染める回転灯はどこか事件の匂いをさせていた。集まってくれた彼らを放置もできないので、柵を掴んで「どっこいしょ」と立ち上がる。

この公園は都下らしい広大さが売りなのかもしれない。

足元は芝生に変わり、ふかふかの感触を覚えながらそう思う。葉を落とした桜の樹木も多いし、たぶん春が一番のハイシーズンなのだろう。

天気が良い日に来てみたいもんだなー、なんて思っていたら欠伸《あくび》が出てきた。

あれからいくつかの巣を倒したし素材もいただいたけどさぁ、さすがに眠いっす。

複数の出現予測のうち、どこを西岡さんに見てもらおうか悩んだけど、やっぱり疲れてる時間に担当してくれるのが一番嬉しいよ。おまけにここの公園は深夜でも人がいたりして面倒そうだったので、追い払ってくれないと事故になりかねない。そういう意味でも国家権力の行使者が適役なんだろうなと思う。

ゴオ、と頭上の木が風に揺られて葉を鳴らす。

人気の無さが心細くもあり、また探検をしているような気にもなる。

夜の公園って社会人になってからほとんど来ていないから、ちょっとだけ懐かしいんだ。学校帰りにベンチでアイスを食べたりさ、若いときの特権だよな、時間を自由に使えるって。

そう思いながら歩いていると、ムームーと携帯が振動した。

「あい、後藤です」

「そろそろ指定された時間のはずだぞ。お前はどこにいる？」

「いまちょうど眺めてるとこ。そこの大きな木に現れるはずだから、皆にもっと離れるよう言ってくれると嬉しいな」

あ、そういや俺って匿名でタレコミしてなかったっけ。まあいいや。

だだっぴろい芝生の中央には大木があり、その周囲にまばらな人影があった。広範囲を照らすライトまで用意したらしく、深夜とは思えない明るさだ。まるで無人のサッカー場みたいだなと思う。

てことはこの怪しい話を多少なりとも信じたのか。日本に得体の知れない何かがいるという、にわかには信じられない話を。

それはきっと新宿のそばで起きた大量殺戮事件のせいだと思う。

何日経ってもさ、俺は忘れられないよ。たくさんの人が死んで、真っ黒な炎で燃えていく商店街をさ。雨竜だってそうだ。あんなのを忘れるなんて「気持ち悪い」と言われても仕方ない。だけど本当は皆分かってんだ。あんなのおかしいって。あんなのがいたらダメだって。

だから必死に目を逸らし、忘れようとした。善良な市民はそれで良くても、事件を追う彼ら刑事だけは忘れられなかった。悲しいけど置いていかれたんだ、世間から。

――ヒャア！

そういう声が響き、ぴくんと顔をあげる。

さて始まったぞ。俺以外の人が、これから初めてモンスターと出会うわけだ。

すぐに携帯電話から「そのまま繋げていろ！」という西岡さんの緊張した声は聞こえてくるが、もちろん通話料金は向こう持ちだから切らなくて構わない。まさか死んだりなんてしてないよねと、ちょっとドキドキしながら俺も芝生に向かって歩いてゆく。

そのずっと向こうには片手を押さえ、ぼたぼたと鮮血を撒き散らす奴が見えた。おいおい、とんでもない奴だ、あのイガ栗を手で捕まえようとしたのか。

まずは落ち着こう。深呼吸をしよう。

ここではいくつかの課題がある。順を追ってそれを考えてみよう。

まずひとつ、彼らに危機感を持ってもらう。今回は無理だとしても次からは発砲許可を得てほしいから。そうしたらきっと俺が楽になれる。

ふたつめは、誰も死なせないこと。事情を大して知らせずに案内しておいて「ごっめーん」では済まされない。たぶんものすごく怒られるし恨みを買う。それは「信頼」という意味で今後の大きな足かせになるだろう。

「みっつめは……あー、そこの人、ライトから離れてくださ〜い！　危ないから離れろっつってんだろがテメエ!!」

そう叫ぶのと、照明にギズモが突進し、ぼんっと破裂するのは同時だった。

頭を抱えて逃げまどう人影に、こちらへ来いと手招きをする。シャツが穴だらけで血のこびりついた女だけどさ、どこに逃げたら良いのか、何をしたら良いかも分からない彼らはゾロゾロと集まり始めた。遅れて西岡さんが走ってくると、少しだけ驚いた顔をしていた。

「後藤静華……おっと、匿名だったな。Aさん、こんばんは」

「いまフルネームで呼んだよね……。こないだの若手の人はどうしたの？」

指さされた先で、手を血まみれにしている男性がいた。あらら、さっき怪我したのはこいつかよ。もうほんっとゆとりポリスメンはビックリするほど使えねえなぁ。

おいでおいでと手招きをし、それからパンと頭を叩いた。

「なっ、なにするんですか!!」

「だから言ったよね、無闇に近寄らないようにって。あれを手で掴むとか、頭がフットーしてんじゃないか？」

ギヌロと睨みつけると、ゆとりポリスメンは黙った。

それから手を握ってやり、継続治癒《リジェネレーション》をかけることにした。技能《スキル》を行使してみると、自分に使うよりずっと遅い気がするけど蒸気があがってくれてホッとする。そのだんだんと傷がふさがってゆく様子には、彼だけでなく周囲の人たちがザワついた。

「おい、後藤！　それは何だ……まさか事件のときの首の傷もこれで？」

「そうそう、おかげで死なずに済んだし、たぶん前に言っていた『血だらけで平然として立ち上がった人』も同じ理屈なんだと思う」

ぽかーんとされた。５名ほどいる周囲の人たちも同様だけど、傷を治された本人が一番そんな顔をしている。ついさっきまで手の反対側まで見えるような穴があったもんな。

じっくり説明をしてやりたいが時間は有限だ。何しろ敵は時間経過と共にレベルアップをしてしまう。なのでちゃっちゃと行こう、ちゃっちゃと。

ブンブンと凶悪そうな羽音をあげる「巣」を背後に、彼らの前に立つ。腰に手を当てた偉そうな姿勢でだ。もしも教壇でもあれば、講師として見られたかもしれない。

「はい、では説明をしまーす。皆さん携帯はマナーモードにしてくださいね。それと私のことは匿名のＡさんと呼んでください」

戸惑いの気配が伝わるけど気にしない。背後の「巣」に指先を向けてから、俺は乳を見せつけるように姿勢を正す。

「あれは魔物で、ギズモという名前です。近くにいるのを何でも襲うので、ゆとり君みたいに穴だらけにされたくなかったら無闇に近づいてはいけません」

「後藤さん、魔物とは何ですか？」

っか――――！　ほんとゆとりだなぁ、こいつはよおおお！　脳みそまでギズモに穴を空けられたら良かったのになああ！　つい10秒前にＡさんと呼べっつっただろうが！

「若林、匿名で頼む、匿名で」

「あ、すみません。あの、Aさん、魔物とは……」

「知らん。俺はあれを知ってまだ一週間も経ってないんだからな。そう、新宿で殺戮事件が起きたあの日から始まったんだ。もし何か知っているのなら俺だって教えてほしい」

おほんと咳《せき》ばらいをする。

今夜は風が強く、皆の髪やスーツをあおっている。

集めた者たちからは多くの戸惑いも見受けられるが、彼らの目には真剣さも混じっていた。ついこのあいだ起きた殺戮事件。あれの糸口を探そうとしているかのようだ。

ならばこちらも無駄口を叩かない。あとは糸を垂らすだけで、飢えたザリガニみたいに掴んでくれるだろうさ。

「魔物だ。そう覚えろ。近くにいたら誰であろうと刺してくる。ゆとり君が腰に差している拳銃よりも高い威力で、だ」

「僕はゆとり君なんて名前じゃ……」

「あれが住宅地に出た。ついさっき、夜の9時に」

ごくりと彼らの喉が鳴る。普通ならこんな話なんて信じない。荒唐無稽だ。酔っ払いだ。頭のおかしい奴だと誰しもが思う。しかし現物が目の前でブンブン飛んでいて、その威力も目にしてしまったら「ファンタジー」では済まされない。

そうきちんと理解してもらえるよう説明するには、この場は最適なんだろうと今さらにして思う。成果として何よりも大きいのは、上の連中に俺から説明をしなくて済むってことだ。めでたく彼らは当事者となったのだし、実際にその目で見ているもんな。ひゅう、あったまいいー。

「後藤、住宅地の魔物とやらはどうした？」

「倒したよ。運良くね」

西岡さんに、にこりと笑いかけた。

実際は犬に噛まれて泣きそうになってたのは気にしない。あんなのは事故だし。別にいっつも犬から嫌われるのが悲しいわけじゃないし。ほんとだよ？

羽音が強くなり、俺は背後を振り返る。風に混じって奴らは奔放に飛んでいて、暗視とやらの効果なのかあちこちの生き物を喰っている様子が見えた。そこらにいる虫や、枝で休んでいた小鳥たちを捕食してゆく。

「レベル2になった……」

そう肌で感じたんだ。

今夜の巡回で、俺も2つほどレベルを上げている。これでレベル7だ。

しかし奴らの成長速度はそれと比較にならないほど早い。たぶん俺とは根本からして違うのだろう。元からもっと高いレベルがあって、それに戻ろうとしているんだ。そんなのただの憶測で、誰も正解を教えてくれないけど。もしあのまま成長しきったら、ギズモは一体どうなってしまうのだろう。それはふと思いついた素朴な疑問だ。

肩を掴まれて、振り返ると真剣な表情をする西岡さんがいた。

「つまり、警察官を殺したのは……」

「うん、あれ。倒そうとしてたときに、２人がたまたま通りがかったんだ」

ごめんね、とは言えなかった。あの夜に、彼らを救う行動を何ひとつとしてしなかったし、もし庇《かば》ったりなんてしたらこの場に立っていられたか分からない。たぶんギズモは美味しく食事をし、さらなる被害を起こしただろう。

だから謝らないし、ただそのときの自分が無力だったのを悔やむしかない。

風が吹き、梢《こずえ》の音がざざあと響く。ここは都内でも有数の大きな公園だけど、パトカーのおかげでまったくの無人だ。空を見あげ、びょうびょうと鳴る風を聞いてから視線を下ろす。それからなるべく静かな声で問いかけた。

「強いし硬いし、どんどん数を増している。奴らを倒すにはどうしたら良いと思う？　今夜はそれを相談したくて、集まってもらったんだ」

教育とは問いかけることだと聞く。生徒に考えさせて、生じた疑問をひとつずつ彼らが解決しなければ決して成長はしないのだとか。そうしないと、ただ結果だけを求めるそこのゆとりポリスメンのようになる。

これがみっつめに伝えるべきこと、魔物の倒し方を教えることだ。

俺の手元には、あの生きた教材。そして絶対に対処をしなければならない緊迫感という材料がある。だからその瞬間に彼らは目の色を変えた気がしたし、こんなできすぎな反応でも決しておかしくないと俺は思ったぜ。


深夜2時の公園。

そこへ立派なスーツ姿の大人が5人、それから俺という変な女が集まっている。

彼らはスーツ姿だけど、こちらは血のこびりついた穴だらけのシャツという世紀末な感じだから迫力で言うなら五分五分だ。

柔道をやりこんでいそうな体格の年配の男、西岡さんはしばらく「うーむ」と唸った後にホルスターに入れられた銃をスーツから覗かせる。もちろんモデルガンじゃないし、税金で購入された由緒正しい品だ。

「とうてい信じられないが……その話が本当なら、この銃では駄目だな」

彼がそう言うと、周囲の何名かが頷いた。こちらとしては「なんで？」と小首を傾げてしまうのだが、それには理由があるらしい。

「後藤は知っていると思うが、これは近距離への射撃を想定している。有効射程も威力も低いから、猛犬を止めることだって難しいぞ」

「そうなんです、僕らの銃はなるべく安全を考えた運用を想定しているんですよ」

ゆとり君が爽やかにそう補足をするのだが……ほんとウゼえなこいつ。

いや、もちろん知ってますよ？　38口径の回転式拳銃、「小口径」を「安全」とはき違えているという通称「豆鉄砲」だろう。だけど数を撃てば何でも倒せるでしょ。だって俺なんて最初は薪割りの斧で倒したんだしさ。

「その消費した弾の報告もしなければならない。上には銃を撃たざるを得なかったという正当性を報告する必要がある。もちろん市民に伝える義務だってあるんだ」

なるほどな、分かっちゃいたけど銃を使わせるのってスゲーめんどくせえ。

魔物とやらをまったく分かっていない状況で、報告書なんて作れるわけもない。かといってこちらとしては現代兵器のアドバンテージを失いたくはないんだよね。というのもしばらくは現代兵器が有効らしいので、警察の持っている銃などを早々に手離すのは避けたいんだ。あと半年はのんびりしていたいじゃん。

それは夜の案内者《ガイダンス》が教えてくれたことだけど、まだ彼らにはその存在を伝える必要はないと考えている。ついでにレベルやステータスについても伏せておく。ギズモがぶんぶん飛んでいるこんな状況では、余計な情報を与えるのもよろしくない。

などと考えていると、彼らの話題は他へ移っていた。

「こりゃ自衛隊の出番でしょうね。彼らへ情報の橋渡しをする専門の対策課もいるでしょうけど、まずは上に報告できる材料が欲しい」

「だな。照明を壊されたのは痛かった。これじゃあ撮影しても映らないが……おい若林、もう一度その手に穴をあけられるか？」

「ええっ、嫌ですよそんな……冗談、ですよね？」

周囲の人たちはクスリともせず「こいつ使えねぇな」という顔を返した。うん、ゆとり君が使えないのは知ってた。

手荒だが、敵の持つ火力を知らせたかったのだろう。上の者にとっては魔物が何だか分からなくても、危険な相手というだけならすぐに伝わる。ついでに刑法上の正当防衛として、正式に銃の発砲が認められるというわけだ。

「なんだー、じゃあ治さなきゃ良かった」

「次からはそうしてくれ。なんだ若林、その顔は」

ぱくぱく口を開けてるけど金魚のモノマネ？　似てる似てる。

だけどそういうふうに意見を言い合う姿はなかなか良い。

深夜2時とは思えないほど皆は生き生きとしていた。いや、言い方が悪かったかな。どうにかしようと前向きだった。これは未曽有の事態だという危機感が、彼らの頭脳を活発にさせているようだ。これまで魔物退治なんて一人でやってたから心強いよ。

「本体の巣とやらを倒すだけなら機動隊の装甲車でことは足りますね。それが駄目なら防備を今以上に固めて近づく必要があるでしょう」

「待て、問題は通報をしてから駆けつける時間だ。後藤、あれの出る場所と時間を教えてくれたがそれには何か理由があるのか？」

「無いよ。女の勘ってやつ」

西岡さんにそう答えたが、うそだろぉ？　という目を一斉に向けられた。死ねよてめえら。

「気が向いたら今夜みたいに場所と時間を教えるよ。その代わり……」

「分かってる、後藤は今後『Ａさん』として丁重に扱う。ただし上の命令によっては、やむを得ず協力してもらう場合もある。なるべく踏ん張るが未曽有の事態だ。あまり信用するなよ」

やっぱり西岡さんを選んでおいて良かった。こちらの考えがすぐに伝わる。

俺としても行動を縛られるのはなるべく避けたいんだ。今後どうなるか何も分からないし、いつでも協力できるとは限らないからさ。

「それで……」

言いづらそうにしながら当の西岡さんが俺の背中に指先を向けてきた。その先にあるのは釣り具の入れ物であり、ダンボールが上から覗いているのを彼はずっと気にしていた。

確かにね。さっきまで虫退治してたんだから当の得物が気になって仕方ないわな。では丁重に扱っていただけるという言葉を信じ、すらっと中身を取り出しましょうかね。

「これが俺の武器だ。闇礫の剣《バレットソード》って名前だけど、別にメモんなくていい。見た目どおりに切れ味が良いし、銃と同じような遠距離攻撃もできる」

ほお、と男たちが興味津々の表情で近寄ってきた。

分かるよ、こういう合理的な武器ってさ、すごく格好良いんだよな。ずしっとした黒光りをする直刀、しかもあちこちギミックがついてるから男なんてコロッだよ。

周囲からは「これって銃刀法違反じゃん」という訝《いぶか》しげな視線、それから「触りてえー」という熱意のある視線が集まっていた。しっしっ、汚ねえ手で触んじゃねえ。こいつはなぁ、俺が命懸けで生産した武器なんだぞ。おまえらはその安物の豆鉄砲で満足してろ。

そう追い払っていると、西岡さんが頭の痛そうな顔をしているのに気づく。

「魔物もそうだが、そっちも問題だ。黙っておくのは難しいぞ」

「いいよ、別に。もう少ししたら、それどころじゃなくなるだろうから。だけど職質されたら電話してもいい？」

にやっと笑いかけると、さらに頭の痛そうな顔をされた。それから面倒臭そうに手で払われる。

「その件は後で考える。こっちの面倒ごとを済ませてからだ。じゃあおまえたち、『巣』を退治するのに有効な手をいくつかあげてみろ」

彼らは顔を見合わせ、それから再び現場に視線を向ける。

草原の中央には大きな木があって、いまは50メートルほど離れているところだ。人の頭くらいの位置にへばりついていて、そこで黒いのがもぞもぞと蠢いている。どことなく周囲の空気も禍々《まがまが》しい。

いまあるもの、あるいはすぐに用意できるものという縛りで、彼らは意見を述べ始めた。

「あれはイガ栗っぽいですが、もし蜂などの虫と同じようなら洗剤をかけてみたらどうです？呼吸ができなくなって死ぬかもしれません」

「それなら熱湯も……と言いたいが、この距離でどうやって当てるかだな」

「待ってください。周囲の奴を倒しても意味が無いなら、最初に本体を狙いましょうよ。パトカーに丸太でもなんでも付けて、体当たりなんてどうです？」

「いや、周りがいなくなれば巣はハンマーで壊せるだろ。それより証拠をどうするかだ。余っている照明とカメラの機材は無いのか」

おっと、人数が変わると意見がすげぇ出てくるな。一人では考えつかない攻略法がバラバラ出てきて、なんかちょっと面白い。

と、それを聞いていた痩せ気味で眼鏡をかけた男が「あっ」と声をあげた。それはバラバラだった攻略法が、彼の頭のなかで組み立てられる声だった。

即席だし、たぶんものすごく下らない案になるだろうと思ってた。

エンジン音、それにぐらぐらと揺られている通り、なぜか俺は後部座席にポツンと座らされている。手元には青いバケツがあって、泡だらけの水が入っているというね。

なんスかこれ。すっごくレモン臭いんだけど、これで顔でも洗えってこと？

「はあ、浪漫もへったくれも無い……」

「うるさい、元々はお前が言いだしたことだ。しっかり最後まで面倒を見ろ」

などと西岡さんは助手席から振り返り、そう怒ってきた。もう眠いし洗剤臭いしおっさん臭が混じって嫌なんだけど。はああ、と俺は嫌で嫌でたまらない溜息をして後部座席に背を預けた。

こんなやる気のない姿になるのも仕方ないと思うよ。

あれからコンビニで洗剤を買い、店員さんからバケツを借りてきた。

それから車よけの柵を外し、無理やりにパトカーで公園へ侵入をしているのが今である。だけど当然のこと公園は車の乗り心地なんて考えられていないから、ゆるかな階段をどっすんどっすん落ちるのは……ぎゃああ、洗剤が目に入ったああ！

「帰っていい？」

「駄目だ！」「駄目です」

ハモんなや、おっさんどもが。

さて、こんな意味の分からないことをしてはいるが、実はそれなりに効果的でもある。

この車なら五寸釘で刺されるくらいの攻撃にもしばらく耐えられそうだし、穴だらけにされるので物的証拠として敵の恐ろしさを上に伝えやすい。何よりも車のライト、それに車載カメラがついている。つまりはこれで魔物を撮影することも可能なのだよ。

その案を出した男性はというと、言い出しっぺの法則とやらで運転席に座っている。だけど実際は本人が「近くで見たい」と言いだしたのだから変わった人だと思うよ。

ややや痩せ気味で眼鏡をかけており、それが頼りなさに拍車をかけている。しかし先ほどはたくさんの案をまとめた人物なので、たぶん頭が良いのだと思う。アホっぽい作戦というのは置いといてだが。

ようやく芝生に戻れたので、運転は少しスムーズになった。それを見て、助手席の西岡さんは隣に話しかける。

「薄木《うすき》、見えてきたぞ。車載カメラも大丈夫だ」

「じゃあ後藤さん。手筈《てはず》通り、近づいたら隙を見て『巣』にバケツの中身をかけてください。倒せるかどうかの実験です」

「へいへい、分かりやしたぁー」

下の唇をクイッと突き出して、極めて不服そうに返事をする。

こういうことばっかやってると、いつか婚期を逃すんじゃないっすかねぇ。

ちなみに俺が洗剤をかける役目になったのは継続治癒《リジェネレーション》の持ち主だからなんだけど、今夜の巡回で何度か使ったので実は残り少ない。その見返りとして、闇礫の剣《バレットソード》を護身用に持つことに目をつぶってもらっている。

さて、しばらくすると領域に入り込み、イガ栗どもが襲いかかってきた。

最初はどすんとフロントガラスに張り付いて、それから身体の中身を見せ……ひいい――っ、ピンク色の中身が気持ち悪いっ！　ほわああ――っ！

おぞぞーっと全身に鳥肌を立てるが、前座席にいる彼らも同様に血相を変えていた。そしてすぐさま「パン！」とガラスにヒビが入る。中央に太いトゲみたいなのがあって、たったの一撃で穴を開けられかけている。

「や、やっぱやめない？　中止しない？」

「とりあえず洗剤をかけろ。話はそれからだ」

ふざけんなや税金泥棒！　という俺の叫びのように、パトカーはギズモらに蹂躙《じゅうりん》された。車体のあちこちを穴だらけにされ、特にライト辺りの被害は甚大だ。

ガッガッ、ババンッ！　と周囲から貫通音がするのは、ついさっき退治していたよりもずっと怖くって、意味も無く安全ベルトをぎゅっと握っちゃう。

その後部座席からは、うぞうぞと窓のフレームを歩き回っている姿が見えて、じいっとそいつらから観察されている気がするんだ。足を滑らせたのか、ぼととーっとまとまって落ちてゆく姿なんて……ぐおおお！　気持ち悪いよおお――っ！

もうヤダもうヤダ帰りたい！

先生、すごく安全な位置から一方的に弾丸《バレット》を撃ちたいです！　駄目ですか？　じゃあ帰りますね、お疲れ様でした！

その悲痛な願いが通じたのか、運転席の彼は振り返る。

「いまです、後藤さん！　巣は目の前です！」

おまえがやれやあああ！

俺は泣きべそをかきながら窓を開け、ソッコーで洗剤をぶっかけた。

するとレモン臭くなったギズモらは水滴を垂らしながら「なにこれ？」と言うように動きを一瞬だけ止め——それから気にもせず飛んできて——ぺたっと俺の額に張りついた。

「おんぎょわあ———ッ！」

ちょっと冷たい感触とかが生理的にも命の危険としても無理っ！　ビビクンと全身が跳ねて、すぐさま必死の形相でペンっとはたき落とす。

「あ、あー、あー、殺す。もうほんといますぐに殺す……」

へらっとした怪しい笑みを浮かべた俺は、額のレモン臭さなんて気にせずに隣の黒剣をガッと掴む。そしてすぐさま窓の外に向けて連発をした。

——シュドッ！　シュドッ！　シュドッ！

「俺の車でなに発砲しているんだ後藤ぉ——!!」

「るっせえ、さっさと逃げろ！　ぜんっぜんダメだ！　やばいやばい、飛んできた！」

その命をかけた射撃が功を奏したか、５発中４発もの命中率を見せつけて、巣はみるみるうちに崩れてゆく。そして完全にパトカーが背中を見せたとき、どかんと巣は爆発をしたのであった。

もうね、映画のワンシーンとかああいう格好良いのじゃないから。車内では「入ってきてる、虫が入ってる！」「こっちに銃口を向けるなあああ！」という叫び声で溢れててね……なんというかひどかった。うん、その一言に尽きる。

無残に穴だらけにされたパトカーから、俺たちは腰砕けで降りてゆく。

そこに遠巻きで眺めていた連中が駆け寄ってきたけど……おいおい、なんで腰が抜けてるような俺を見て失笑してんだよ。言っとくけど次はお前らの番だからな！　絶対だぞ！　と、俺は睨みつけたものさ。クールにな。

★★★★★

むあっとした熱気から身体の表面を撫でられ、息を吸い込むと鼻腔の奥まで熱される。辺りは薄暗い部屋で、俺は衣服も身につけずに座り込んでいた。
ここは日本の誇る文化であり、終末が来ようとも永遠に守り続けたいとさえ願う「スーパー銭湯」のサウナだ。24時間もの稼働に耐えるパワフルさ、疲れ果てた現代人を癒してくれる心意気、まさに夢のような場所である。おまけに早朝なので人もいない
「ぷふぅ～～っ、気持ちぃぃ～～……」

伸びをすると、鎖骨に溜まっていた汗が乳房のあいだを流れてゆく。

運動の汗ってベタベタして嫌いだけどさ、サウナで汗かくのって割と平気というか好き。これを一人で独占とかたまんないね。

「そうだ、このことも考えとかなきゃ。終末が来ても俺だけは風呂に入れるようにしておきたい。それが例えどのような犠牲を払おうとも、だ」

そう不穏な言葉を漏らし、ぐっと指をにぎる。

いま言った犠牲とはつまり「すみません水をいただけませんか？」と聞いてきた人に「悪いね、それお風呂用なんだわ」ときっぱり答えるくらいのノリだ。もちろん俺が入った後なら好きにして構わないが……いや、飲まれるのはちょっとなぁ。こっちも向こうもドン引きしそうで嫌だ。

などとアホなことを考えているのは、まだ陽のあがっていない早朝5時だったりする。もうすぐ外は明るくなってくるし、社会人様どもは日曜日という休日を謳歌する日でもある。しかしこちらは完全なる自由人なので、いつでも好きなときにサウナを独占できるのだ。

「わーははは、ニートってのも悪くないぜー」

んで、どうしてこんな時間に高笑いしているかというと、先ほど刑事と一緒になって魔物退治をした見返りと言うか、服を洗剤まみれにされた詫びとして西岡さんから「スーパー銭湯無料券」をいただいたのだ。その安っぽい報酬に「ふざけてんの？」という顔をしたものだが、今ではすっかりご満悦だった。実に安い女である。

「あっちー……、露天行こ、露天」

ぼたたっと汗を垂らしながら、そう呟いて歩き出す。すのこにはタオルが敷かれており、足の裏がとても熱い。でもそれもちょっと楽しい。カンカンと足音を立てながら外に向かった。


ほかほかと湯気をあげながら、小豆《あずき》色で丈の短い室内着で外に出る。

のれんをくぐると廊下はまだ暗く、夜明けまでもう少しかかるのだと分かった。

裸足で絨毯《じゅうたん》を歩くのもなんかちょっとワクワクするね。足の裏が刺激されるし、ひとりっきりで和風の薄暗い廊下を歩くなんて機会はあんまり無いしさ。人がいないってのも良いもんだなーとか思う。

ふんふんと鼻歌を楽しみながら、ぼんやりと光る自販機へ吸い寄せられる。牛乳と珈琲牛乳のあいだで指先はうろうろとさ迷い、やがて「ピー」と電子音が響いた。

「後藤、あがったか」

「んわっ！　びびったぁー……ととっ！」

完全に油断してたところで声をかけられ、牛乳瓶を落っことしそうになった。

最近の牛乳瓶は紙のフタを取るための針なんていらなくて、プラスチックのやつを取れば済むという、情緒の足りない代物となった。でも美味しさは変わらなくて、ごきゅっごきゅっと飲み、乳成分たっぷりの珈琲が喉を通ってゆく心地よさを楽しむ。

「ぷあっ、んまいっ！　んで、どうして西岡さんも来てんの？　他の人はまだ仕事？」

再び振り返ると、同じ室内着姿の男がソファーから「どっこらしょ」と起き上がる。寝ぼけた顔を見るに、さっきまで仮眠してたらしい。くわーと欠伸をしてから目をこすってた。これで一児の父親なんだから、刑事ってのは家族サービスが薄くなって大変だなと思うよ。

その彼は眠そうな顔でこう言ってきた。

「さっきの礼が銭湯代じゃ足りんだろ。ここのバイキングと近くの焼肉屋、どっちがいい？」

「焼肉でおねがいしやす！」

俺は元会社員らしい礼儀正しい姿勢で頭を下げた。

こう見えて高い女なのである。


じょわーと網に乗せられた肉が焼けてゆく。

脂身が溶けてきて、液状になる様子を俺は箸を持ちながら待ち構える。

こんな朝日を浴びるような時間にやってる店なので、炭火なんて高級なもんは使ってない。だけど肉の焼ける匂いは血を失ったせいか実に美味そうだ。レバーを多めに頼んでいるけど、鉄分ってのは女に一番足りない栄養素だしな。理由は言わなくても分かんだろ？

「ビールをひとつ、あとウーロン茶を５つお願いします」

などと、先ほどまで手に大穴をあけていた若者、ゆとり君が注文をしてゆく。それだけじゃなくて、早朝だってのに良い年をした大人たちで2席を陣取っている。そう、問題はさっきまでいた刑事の連中も勢ぞろいしてるってことだ。

「あのさぁ、報告書とかどうしたの？」

「ああ、それは若林に書かせた。公園の封鎖はしているが、もうすぐ鑑識が来るからそれまで待機だ。今回は特殊すぎる事件だから、報告と現場検証を終わらすまで帰れないんだよ」

ああそう、だから焼肉だってのにビールを飲めないんだ。ざまあ！

先ほどの魔物だが、俺は素材収集《コレクト》を使用していない。もちろん素材は欲しいけどさ、それを取り出したらボロボローっと崩れちゃうからこいつらが困るでしょ。なので鑑識の人は不可思議な物体を見て、きっと頭を悩ませるだろうね。

冷えたジョッキが揃ったところで、おほんと西岡さんは咳ばらいをして皆の顔を見回す。

「とりあえず、俺たちは限られた時間と情報のなかで怪我人も出さず、できうる限りの成果をあげたと思っている。しかし未曽有の事態だ。これから大変になると思うがひとまず乾杯をしよう。お疲れさんっ！」

ゆとり君の「僕は怪我したんですけど」というぼそっとした言葉を掻き消すように、がちゃっとグラスを合わせ――おいおい、一般人の俺は良いんだよ――ったく、仕方ねえなとボヤきながら全員とがちゃがちゃ打ち鳴らす。疲れ果ててはいるが皆はなかなかの表情をしており、刑事連中の仲間になったような気さえする。

いやひどいもんだよ、刑事に囲まれて一人でビールを楽しむとかさ。いいなぁーって顔で見られると吹き出しそうだからやめてくれないか？

「っか〜〜！　沁《し》みるっ！　サウナからのビール、たまらんっ！　ああー、レバー美味いっ！」

イラッとした顔をされたけど、仕事中だから仕方ないんだろ？　こちとら洗剤臭い思いをしたんだからさ、ちょっとの嫌がらせでガタガタ言うなや。

ぐ〜っとグラスをあおってから、ぶあっと酒くさい息を吐く。それを見て西岡さんは、なぜか笑いをこらえるよう口元を押さえていた。

「どったの？」

「くっくっ、いや昨夜の後藤の顔がどうしてもな。大声で叫んでパニックを起こしているのを思い出すと……」

「驚きましたよ。車載カメラの映像と音声を確認してたら、西岡さんが笑い出してしまって」

ゆとり君がそう補足をするが、こちらとしては「死ねよ」としか思わない。あんときは本当にびびって泣きそうになったんだからな。どこかのアホがバカな作戦を立てたせいで。あり得ないだろ、魔物に洗剤をぶっかけてどうにかなると思うとかさあ！

そうブーブー言うと、隣の座席にいる——たしか薄木さんって言ったかな——が申し訳なさそうに頭を下げてきた。

「悪かったね、後藤君。もしかしたらと思ったけど、私の考えが足りなかったらしい。だけどそれ以外は素晴らしい結果になったよ。証拠もできる限りは集めたし、市民への危険を排除できたし、ついでに君の武器も見せてもらえたからね」

そう言いながらウーロン茶を掲げ、笑みを向けてくる。その表情がどうも気になって、しばし俺は考えた。

あれっ、ひょっとしたらだけど……洗剤はどうでも良かったのか？　効果が無かったら無かったで、そのときは俺の持っている武器の性能を確かめたかった？　もしそこまで考えていたとしたら……。

「いるんだよなー、こういう狸《たぬき》な人。体育会系の奴らの中に一人くらいはさ。だけど俺の闇礫《バレット》の剣《ソード》には指一本も触らせねーからな」

べえっと舌を出し、横に立てかけていた釣り具入れを皆の視線から隠す。それがなぜか面白かったらしく、おっさんたちは楽しそうにどっと笑った。

「この中で一番の狸はお前だぞ」

「んなっ、俺のどこが狸だよ！　せめて狐《きつね》って言えよ！」

酒も入っていない連中がまた大きく笑う。だけどまあ、こういう騒がしい雰囲気は嫌いじゃないので、むーと唇をとがらせて不服そうな顔をするくらいだ。

たまにはな、こういうのも悪くない。どう見ても銃刀法違反だってのに、皆は気にしないでくれてるしさ。いや、ほんとは駄目だってここにいる皆が分かってるけど。

しかし身体が資本の男どもはやはり食う。まだ早朝だってのに山盛りの肉を次々と消費してゆき、白飯のお替りもひっきりなしだ。こちらとしてもタダ飯なので不味《まず》いわけが無い。ガツガツと男どもに負けないくらい腹に入れてゆく。

そんななか、世間話をするように正面の西岡さんが話しかけてくる。

「それで、早めに聞いておきたいんだが、今夜もまた魔物とやらが出るのか？」

ああ、呼び出されたのはこっちが本題か。警察署のときもそうだったな。この人は相手の気がゆるんだときに、肝心の質問をする癖のある面倒な人だった。

などと思いつつ視覚リンクされた地域情報を映し出す。もちろんこれは俺にしか見えないし、たぶん網膜に投射かなにかしてる……のかな？　たぶんだぞ、たぶん。どういう理屈かなんて全然知らないんだし、聞いたところできっと理解できないよ。

その情報を見て、俺はぴたりと箸を止めた。

「教える前に、ちょっとトイレ行っていい？」

どうぞと身振りを返されたので、そそくさとトイレに入り、ばたんと閉じた。

戸に背を預けながら、そして俺は誰にも聞かれないよう重苦しい息を吐く。正面の鏡に映った顔には、嫌な汗がたくさん流れていた。

「……数えきれねぇ」

自分でも聞いたことのない、絞り出すような声だった。

映し出された地域マップには、いくつものマーカーと出現時刻が表示されている。おびただしい量であり、昨夜とは比べようもない量が点滅をしていたのだ。

落ち着け、ゆっくり数えろ。いくら目をこすったって消えないんだから、端っこから順に追ってゆけ。

「……15、16……20、21」

指先を震わせながら数え、念のためまた最初っから数える。すると今度も「21」という数字だった。額の汗をぬぐって、うつむきながら洗面台に両手をついた。

なんだこれ。どういうことだ。昨日は5箇所で、今日は21箇所？　ペースが速いなんてものじゃない。昨夜だって朝までヘトヘトになるまでやったんだぞ。その4倍とか……じゃあ明日はどうなるってんだ。明後日は？

てんってんっと水が垂れる蛇口をじっと見つめる。

今まで冗談半分に言っていた終末だが、実はもうすぐそこなんじゃないか？

昨夜浮かんだ疑問、ギズモの「巣」が成長しきったらどうなるのかという謎も、きっとそこで分かってしまう。そのとき何が起こるのだろうか？

魔物が暴れ狂う夜をリアルに想像してしまい、洗面台を掴んだ腕に鳥肌がぞわっと浮かぶ。

それはきっと、ごうごうと暴れる嵐のような夜だろう。なぎ倒されるのは木ではなく人間で、決してどこかに消えてしまうことの無い嵐だ。

もうひとつ分かったことがある。

今までずっと他人事として考えてつもりだったが、どうやら俺は救いたかったらしい。

仲良くなった刑事も、大事なバイクを売ってくれたおじさんも、友達になった後輩の雨竜も。

皆どうにかしてやりたいと思うし、やっぱり俺だけ遠くに逃げたいとも思わない。

「なんだよもー、だって放っておけないじゃん。正義感とかじゃなくってさー」

泣きそうな顔をするくらい悔しいと思うのは、警察との繋がりができて、これから協力し合えそうな手ごたえがあったからなんだ。なのに期待を上から塗りつぶすくらいの量が押し寄せてくる。魔物たちはいつも俺の希望的観測なんて易々と打ち砕いてきやがるんだ。くそっ、畜生っ、なんだこれ。

最初の予定通り、さすがにもう全部は諦めるか？　それとも今からできるだけあいつらに準備をさせる？　いや絶対に無理だ。たったの半日で配備なんてできるわけが無い。

「〜〜〜っ！　考えろ、まずはそこからだ！　駄目だったら諦めていい！」

そう自分に言い聞かせた。

でないと重圧から押しつぶされてしまいそうだった。

いくつもの案が生まれ、そして吟味されて消えてゆく。21箇所に爆弾を設置したと通報したらどうだろうとか、闇礫の剣《バレットソード》を生産して配るとか、そういう小手先の奴だ。でも誤情報だと思われる可能性は高いし、剣だって核となる魔石が2つしか無い。そもそも「その場しのぎ」の愚策にすぎないのだし、今日は良くても明日は崩壊だ。

しばらくそうやって過ごしていると、ぶるるとスマホが振動をした。その画面には『今日の午後、バイクの納車に向かうぞ』という端的なメッセージが表示されており……やがてゆっくりと顔を持ち上げる。そこには疲れた顔の俺がいて、だけど唇の端っこに笑みを浮かべてた。

「俺はすごく一人よがりだ。目に入るものしか見えてないし、考えも狭い」

すっと拳を持ち上げて、それを鏡に押し当てる。ごつんと触れたのは硬質で冷たい感触だったけど、なぜかほんの少しだけ勇気が湧いてきた気がする。

「だからさ、無理とか勝手に決めんなよ。今までみたいにさ、へらへらしながら策を練ろうよ」

今までだってそうだ。誰もが無理と思えることを俺はやってきている。

たったの一週間でモンスターを残らずやっつけて、刑事との繋がりを作った。あいつらは完全に当事者になって、一緒にやっつけようと言ってくれている。誰も知らない武器を作って振り回し、片道40キロの魔物退治の旅にも泣きごとを言わなかった。あ、それは言ったわ。

よし、戻ってきてくれた。俺は後藤静華だ。負けず嫌いでポジティブで、にやにやしながら裏側で気持ち悪いくらい勝つための算段を見つけようとする変な女だ。

やる。やろう。殺ってやろう。あいつらみたいなゴミどもはみんな素材にして、好きなだけ大暴れをして、楽しくて仕方のない世の中にしてやろう。

「ゴミ虫どもに怯えてないで、生きるためだけに方法を考えろ。いいな、視野を広げるんだ」

誰もいない焼肉屋の女子トイレで、俺はそんな決意を込めた声を漏らした。


どこか油っぽい床をジャングルブーツを鳴らしながら歩く。

待っていた彼らは談笑をしており、何人かはこっそりとビールを注文していたらしい。まったく仕方ない奴らだとひっそりと笑い、それから背中を向けている青年の肩を叩いた。

「あのさあ、次の出現場所を教えるから、ちょっとメモしてくれない？」

戻るなりそう声をかけると、ゆとり君は焼肉をパクついた姿勢で振り返る。ちゃんと手を洗ってないけど、さっきは別に用をたしたわけじゃないから綺麗なんだぞ。

「分かりました。少し待ってください」

カバンから小型のノートパソコンを取り出すと、それがまたシールを貼ってたり改造の形跡が見えたりと玄人《くろうと》くさい代物だ。てっきり地味なだけでつまらないパソコンかと思ったのに。

まあ、そんなことはどうでもいい。

周りの奴らは気にもせず飯を食っているが、そろそろ楽しい食事の時間は終わりだぜ。俺がひとつひとつ丁寧に今夜の出現予測エリアを伝えてゆくたび、皆の箸の手は鈍ってゆく。

それもそのはず俺が伝えたエリアは全21箇所、それがいくつもの区に点在していた。

「……本当か？」

手ぬぐいで顔を拭いたあと、そう絞り出すような声を西岡さんはあげる。ちょっと前に俺がトイレで出した声とよく似てるわ。それは「21」という数字の重さをきちんと理解し、そしてまたありもしない希望へすがる声だった。だから俺はソファーにどすんと座り、さっきまでのお友達モードを消した顔で返事をする。

「今までどうだったかは知らないが、数日前からこの世界には不思議な力が溢れてる。魔物が出たり、首を切られても数秒で治ったりな。女の勘と言ったがあれは嘘だ。本当はとっても不思議な俺の力で敵を見つけている」

《それは私の出した予測です》

だまらっしゃい、ガイド君。少なくとも「不思議な力」というのは本当にあるし、傷を癒すような技も見せているので言葉には説得力が出るんだよ。その証拠として完全に箸を止めた彼らは、俺、そして西岡さんの顔を交互に見る。これはどっちの指示を受けるべきか悩んでんだ。出会ったばかりの無職の女と、何年も付き合いのあった西岡さん。そんなの比べようもないってのに、こいつらは確かに迷っていた。だけど俺としてはボスになんてなりたくないので、強面の男に大きな決断をさせるべく誘導をする。

「外れるかもしれないけど、残念ながら今のところ全部当たってる。はっきり言って、大きな被害が出るぞ。これから鑑識なり上司なりに説明をして、全面的に信じてくれたら別だけど」

苦虫を噛み潰したような顔を彼らは浮かべる。分かってんだ。そんなの無理だって。

「だから西岡さん、次のための戦いをしてくれないかな。恥をかいても気にせず報告しておけば、明日にはその言葉を半分くらい信じてもらえる。明後日にはほぼ100パーセントだ」

ぐうっと男は怒気によって膨れあがるようだった。今のは「たくさんの人が死ぬけど、果報は寝て待てってやつだぞ」と俺は言ったわけだ。被害を甘んじて受け入れるというのは、もはや作戦とも言えない。それどころか彼の家族や知人が被害にあう可能性だってある。

だからこの提案は、西岡という男に火をつけた。

「ふざけるなよ、後藤。その程度の数なら、全ての地域で対処してみせる！」

そう言い、彼は上着を手に立ち上がる。部下たちも同じくらい覇気をみなぎらせており、熱いことこの上ない。こっちのクールな心臓にまで火がつきそうだ。

「腹立たしいのは後藤、はなっから俺たちにできないとお前が諦めていたことだ。明日の朝を楽しみにしていろ……行くぞォ！」

「「おうッ！」」

数少ない客たちは、ぽかんとするあまり焼肉が焦げるのにも気づけない。まあ、気迫に満ちた男たちの出陣する様は、そうそうお目にかかれないほどの迫力があったしな。

頑張れよ、おっさんたち。あとご馳走さまでした。


一人きりで焼肉屋さんに取り残されてから、俺は大きな伸びをする。それから眠そうで仕方

ない顔つきに戻った。

「……ン、まあこんなもんか。ちょびっとでも確率は上げておかないとな」

あれだけハッパをかけたら「眠くて無理ですぅ」なんてさすがに言わんだろ。きっと明日の朝まで大活躍だ。もちろん俺はこれから帰って寝る。だって徹夜でモンスター退治なんてしたくないもん。なのでソファーにある釣り具入れに指を引っ掛け、焼肉たちに背を向ける。

くああーと欠伸をしながら外に出ると、爽やかで明るい日差しが待っていた。週末らしい快晴だなー、どうせすぐ寝ちゃうけど。なんて思っていたら、すぐそこの鉄柵に腰かけて、ノートパソコンを閉じる青年がいた。

「では送っていきますね、後藤さん」

「あれ、ゆとり君？　一人でどうしたの？」

「まさか知らないのかな……お酒を飲んだら自転車に乗れないんですよ」

はあっ、なにその「やれやれ」ポーズ!?　今すぐその尻をひっぱたきてえなぁぁー！　人畜無害そうで好青年な顔つきがいちいち腹が立つんだよ！

だけど彼が残された理由に気づき、ブン殴ろうと振り上げた手をゆっくりとおろす。

「西岡さん、なんか言ってた？」

「ええとですね、ああいうのは悪くない。次も頼む、だそうです」

ブフォっとたまらず俺は吹き出した。

やっぱりハッパをかけたって気づいたか。いや、途中で分かったのかな。最初は刑事なんて本当に役立つのか半信半疑だったけどさ、あれくらいなら良いな。一癖も二癖もあって、でも性根のところでは気の良い奴らだ。

「ふーん。じゃあ家まで送ってもらっちゃおうかな、ゆとり君」

「だからゆとりじゃないですって……なんていくら言っても、あだ名はきっと変わらなそうだ」

まあな、もう決まっちゃったしさ。今夜は大仕事だというのに気を良くした俺は、助手席でのんびりと早朝の町並みを眺めさせてもらったよ。

★★★★★

バタンと車のドアは閉まり、そしてボロ自転車と俺は路上に降ろされる。

運転席から覗くゆとり君の顔つきは、気のせいか昨夜に見たよりも引き締まって見えた。

「では後藤さん、ゆっくり休んでください。また現場で」

「うん、あんがと。そっちも大変だろうけど頑張ってな」

ブロロと車は走り去ってゆき、ばいばいと俺は手を振った。

そして俺は踵《きびす》を返し、自宅の扉を開ける。たった一晩だけの外出だったけど、見慣れたいつもの光景が待っているのはちょっとだけホッとするもんだ。

徹夜をしたので身体は疲れて仕方ないが、ベッドからのひじょ――に魅力的な誘惑に耐え、まずは椅子に座る。リクライニング機能があるので、ぎしっと身体が沈みこんだ。

フ――とため息をひとつ。それからのろのろと重い身体を動かして、釣り竿入れの袋から素材を取り出す。鉛のサイコロみたいな物体が計40個、そして宝石みたいなやつが2個。昨夜消費した素材分を引き、それが最終的な戦利品だった。

ガイド君、もっかい出現予測を見せてくれる？

《了解しました。今夜の魔物出現予測を視覚リンクで表示します》

ぱっと地域マップが表示され、続いて出現箇所のマーカーが次々と表示されてゆく。やはり出現数は「21」と変わらず、これまでの出現数の記録を大幅更新だ。やったね。

机に頬杖をつきながら、俺はボヤく。

「ぬーん、ヤバい。終末はずっと先のはずなのに、もうすぐ来ちゃうかもじゃん。まあ確かに現代兵器が通じなくなるのが半年先って言ってただけだからなー、数が増えたところで嘘をついているわけじゃないんだよなー」

明日、それから明後日の予測とか見れる？

《不可能です。この予測値は魔物が世界線を移動している力場を感知し、現れる時間と場所を特定しています。よって移動前の相手は感知できません。また現代兵器の通じない敵については、次元が断たれた影響の波及範囲から予測しています》

あっそうー、使えるようで使えないなぁ。だけど次の展開が読めるのは大きなアドバンテージでもある。使いようによってはこの東京の命運を左右するかもしれない。

そう、視野をもっと広く持とう。それが焼肉屋さんのトイレで俺が決めたことだ。

今はできないが、あの刑事たちを経由して人を動かせるようにしたい。そうなるよう俺なりに誘導をする。結果が出なくて当たり前なんだから気楽に行こうぜ。

ただ、もしも思惑通りに進んだとしたら毎日情報提供をしなければいけないから、そこだけは面倒かもしれない。などと天井を見あげながら思う。

次に俺自身のことに視野を狭めよう。今のうちに対策を練って、今夜に備えておきたい。だから足をぶらぶらしながら考える。

まずはじっくりと出現予測地点を眺める。一番最初に現れるのは、渋谷の交差点という面倒な場所だった。もちろんそんな場所でドンパチなんてやれっこない。

「こういう場所は西岡さんたちの出番かな。後は上司が有能なことを願うしかないね」

当たり前だけど自衛隊の連中は、明後日くらい警察と立場が異なる。だからすぐに動かせるわけがない。

西岡さんらの所属する刑事課、避難誘導をさせるなら交番のお巡りさんといった地域課、などなど複数の部門を東京全域で動かすには、警視庁の対応が求められるわけだ。ようやく魔物という存在を知らされたばかりで、動けるなんて普通は思えないけど。

だけどそんなの考えてても仕方ない。俺はニートであり一般人なのだ。なのでこちらはこちらでできることに頭を使おう。

これまでポイントをなるべく使わずに来たので、職業《ジョブ》と技能《スキル》のポイントは、ほぼ手つかずでもある。というのも技能《スキル》には2種類あるからだ。受動的に取得できるものと、能動的に取得できるもの。例えば「暗視」は身をもって覚えるし、「俊足《ヘイスト》」はポイントを消費して得る。

俺ってケチだから、そういう自動で覚えるのはポイントを消費しないで貰っておこうと思ってたんだ。でも技能《スキル》リストにあるものはこれまでに自動取得できなかったから、あんまり意味が無かった。

いま取得する候補としては遠隔攻撃を得意とする射撃手《シューター》の職業《ジョブ》だろう。

これには飛距離と威力をあげる効果があるらしく、これからの戦いにおいてかなりの戦力になると思う。威力が上がるなら弾丸《バレット》の消費も抑えられるし、幸いなことに無慈悲な狙撃手《スナイパー》という、敵から見つかっていない場合にダメージアップになるという称号がある。今までの戦いを振り返ると、遠距離からの狙撃はかなり強い。

だけどあんまり乗り気じゃない。今の調子なら素材はきっとすぐ余るだろうし、威力なんかよりも移動などの速さが勝負だ。もうすぐバイクが届くなら、刑事たちと協力をして撃退できる可能性はゼロじゃない。それもこれも周囲を封鎖できるかどうかが全てだ。

「んー、状況を見てから判断したいな。打てる手が無くなるのは避けたい」

そう呟き、つま先でフローリングを蹴った。ぐるんぐるんと椅子を回転させ続け、なるべく頭をからっぽにする。え、元からからっぽだって？　その通りですね！

相手に合わせてその場で強化出来るのは、ポイント制の大きな強みだ。あえて自分から捨てる必要もない。なのでステータス調整には手を出さず、それ以外にできることを探す。

ちくちく増やしている素材は40個と心もとない。弾以外にも盾の拡張に使ったしな。

罠を作れないだろうか。今のところ生産系の技能《スキル》にそういった項目は無いが、今後増える可能性もある。けど今は作れない。欲しいよー、せっかく前準備ができるんだから時間的アドバンテージを活用したいよー。まあ、どっちにしろ人がいたら使えないけどさ。そんなことしたらマジモンのテロリストになっちゃう。

「だめだ、頭が働かん……変な方向ばっかりに向いちゃう」

ぼーっとする時間が増えてきた。時計を見れば朝の8時。まずは英気を養わなければ、勝てる戦いも勝てなくなる。そう思った俺はのろのろと魅惑的なベッドにもぐりこんだ。

はぁ――……と息を吐き、それからすぐに思考はベッドから先にある夢の世界へと落ちてゆくのを感じた。

ふかふかの布団ってすごく気持ち良くてさ、猫みたいに目が線になっちゃうんだ。

頑張れ、刑事課の皆。そしておやすみなさい。

しかし、もしもこのとき地域マップを見ていたら、俺は出現予測マーカーの異変に気づけただろう。それは出現時刻の数字をおかしな形に歪ませ、そして逆回転するように時を巻き戻してゆく。

指し示される地域は、あの渋谷のスクランブル交差点だった。

## 第六話　スクランブル交差点の死闘

ギズモなる魔物の思考は極めてシンプルだった。

それは生態系において頂点に立ち、周囲の生命体を食料とし、種として繁栄をするという実に動物的で分かりやすいものだ。己の力を理解している彼は、どのような世界でも繁栄できると感じていた。

しかし、身体の内側を溶かされるようなこの感覚にはなかなか慣れない。異世界への移動というのは彼にとって初めての経験だ。異なる世界へ順応するため、最初から再構築をさせられているように感じている。

実際、その感覚は正しかった。向かう先の世界、地球なる場所は根本から在り方が異なるため元のままでは活動できない。異なる世界には異なるルールが存在しているらしい。

ゴウゴウと渦巻く周囲はまるで嵐を迎えた夜のようだった。

しかし、とギズモは迷う。

魔物は独自のネットワークを持っていた。その空間へいくつもの思考――先行していたはずの者たちから死にゆく間際の警告が届くのだ。その同族たちは生まれてすぐに斃《たお》されてしまい、何もできなかったらしい。

それを聞き、ピクッと触角を動かす。このままでは他の個体と同じ結果になりかねないと彼は思う。生態系の頂点へ立つために、何かの変化を起こしたかった。

だから思い切って手足を動かすことにした。

やはり十分に馴染んでいなかったせいで、羽は崩れて溶けてしまう。

このままでは未熟な個体になるかもしれない。

魔物たちの住むことが許される世界「夜」から外れたらさらに劣化は進むだろう。

しかしそれでも迷わずに彼——ギズモは血のように真っ赤な目を開いた。

★★★★★

そのとき雨竜千草は、一人でショッピング街を歩いていた。背中までの髪を揺らし、天気の良い休日というのに勤務中のような固い表情で。

整った容姿のため傍目《はため》には分かりづらいが、彼女は少しばかり変わっている。そもそも社会人になって友達の一人もできないのは、何かしら問題を抱えているものだ。

それは幼少の頃から続いていた。

他者を理解できず、己が正しいと思いやすい。

小さな喧嘩でも一切手加減ができず、己の主張を貫きたがる。

知らないものを覚えるとき、極端なまでにのめり込む。それ以外を全て忘れるほどに。

容姿の良さ、それと運動や勉強もできるおかげで周囲は異常に気づかなかった。いや、気づいても欠点を上回る長所があるため見逃されていた。だから障害だと診断されることもなく、そのまま成長をした。

初対面の相手も最初のうちは優しい対応をする。

整った外見とハキハキした口調が好感を得やすく、また覚えの早さに感心されるからだ。しかし数日も経つころに「何かが変だ」と周囲は思うようになる。それは会社に勤めてからも同じで、仕事を教わるたびに相手との距離が離れていった。

空回りしている自分にさえ気づけない。それどころか、完璧に仕事を覚えようと際限なく質問を繰り返していた。結果、教育係は匙《さじ》を投げ、後藤という女に預けられた。

後藤については「頭の悪そうな人」という印象だったし、今でもあまり間違っていないと思っている。何しろ後藤はどんなに質問をしても「適当で」か「フィーリングで」としか答えないのだ。きっと雨竜でなくとも腹が立つ。

しかし不思議な存在でもあった。いつもふざけているくせに、大事なプレゼンは堂々とこなしてみせる。度胸があるだけでなく、勝つことに強いこだわりを持つ人だった。

変わっている人だと、そのとき感じた。

もうひとつ気づいたことがある。他の人と違い、何日経っても後藤は距離を変えなかった。

ふざけた態度で挨拶をし、何か質問をすれば「適当で」か「フィーリングで」と答え、だけど大事なところだけは手招きをして呼び寄せて、懇切丁寧に教えてくる。

それはいつも人を遠くから眺める雨竜にとって、初めてのタイプだった。ちょっとだけ会社に行くのが楽しみになったのを覚えている。

だけどそんな日々は「通り魔事件」によって終わりを告げた。倒れた雨竜を助けようと、後藤は通り魔に殴りかかり、そして首を切られたのだ。

きっともう、あの光景は忘れられない。

血を流し、青白く変わってゆく後藤の顔は悪夢そのものだった。死にゆく姿に、嫌だと必死に叫んだ記憶もある。あのときは、まさかムクリと起き上がるなんて夢にも思わなかった。だから取り乱して喚いたっておかしくはない。などと雨竜は事件当時を思い出しながら通りを歩く。

だけどつい先日、久しぶりに彼女と会えてずいぶんと気が楽になった。いつも通りだったし、彼女の顔を見れば心配などまったくの不要だと分かったのだ。

相変わらず変なものばかりを買い、それでも眩《まぶ》しく思えるほど……。

「あの人、美人だったんだ」

ぽつりと呟いた言葉には、実は大きな意味がある。他人を正しく認識できない子が、後藤に関してだけ「顔」を正しく認識できたのだ。今までの判別は、相手の声の響きや会話のリズムに頼っていたというのに。

しかし、それだけに忘れられない。初めての認識というのはいつだって鮮明で、それは己に焼きついて離れない。まるで壁に飾った一枚きりの写真のようだ。

薄暗い廊下に立ち、じいと壁掛けのそれを見上げる思いだった。辺りは色褪せているというのに、そこだけ四角い穴が開いているかのように鮮明だ。こんなのきっと雨竜でなくとも見つめ続けてしまう。

と、そのときゲームをして遊ぼうという誘いかけの声が蘇る。これまでずっと遠巻きに眺めていた友達同士のような親しさのある響きで、思い出すと同時にジンと胸に熱いものが灯った。

「…………？」

いくら考えても、いくら悩んでも、この感情は何だかさっぱり分からない。意味もなく胸に手を当て、再び彼女を見あげると胸の熱はさらに高鳴りを増している。雨竜は怪訝に思いながら小首を傾げた。

これが何だと尋ねても、恐らく誰も答えられまい。答えの出ない迷宮に足を踏み入れて、だがその感覚もまた初めての体験であり彼女の好奇心を刺激する。

物思いにふけっていたそのとき、雑踏のざわめきにハッと我に返った。

辺りは若者らの集う駅前だ。デパートに入る予定だったが、考え込むあまり通り過ぎてしまったらしい。急に周囲からの音が響くのは夢から覚めたような感じだった。

きょろきょろと周囲を眺め、それから若者たちが指さす方向に彼女の大きめの瞳も向けられる。あれは何だろうか、という新たな疑問が浮かぶ。今まで見たこともない黒い物体に気がついて、長い髪を揺らしながら不可思議なものに近づいてゆく。

「えー、なにアレー」

「ちょっとキモくなーい？」

などと周囲の者たちは撮影をしたり、友人と会話をしたりと忙しそうだ。

雨竜の見上げるその先には、待ち合わせにも利用される銅像があった。べったりと像を覆っているそれは、真っ黒でありながら有機的にも見える。形からして蜂の巣のようだけど、あれほど大きなものなど誰も知らない。そのため駅前には大きな人だかりができていた。

「なんか動いてねーか？」

そう近くから聞こえ、雨竜も同じ場所をじっと見る。すると穴でもあったのか同色の丸いものが、ぽとっ、ぽととっ、と出てきた。

それがいくつかアスファルトに散らばり、ひゃあと最前列の若者は悲鳴をあげる。その様子も撮影されていたと彼は気づき、気恥ずかしさをごまかすように若者は笑う。

直後、その彼の背後で、うわんっと虫の羽ばたきに似た音が響いた。

★　★　★　★　★

空は、今にも雨粒が落っこちてきそうな曇天だった。

だけど俺は満面の笑みで部屋のドアを開け、鍵なんてかけずに飛び出してゆく。俗に言うハイテンション状態だ。

そのまま路上に飛び出すと、ちょうど曲がり角から姿を見せたのは……うわあああ、夢じゃないよ！　俺の、俺のバイクが荷台に乗せられてるよおお！　マジか、マジだ！　軽トラ様がご納車にいらっしゃったぞぉ――！

おいで！　はやくご主人様のところにおいで！　これからはずっと一緒だし、洗車だってたくさんするよ。相棒にステキな名前をつけて、まずはキャンプに行くんだぁ。富士山が映る湖とかそういう場所に！　やっばい、楽しみすぎて足が勝手にパタパタ地面を踏むよぉ――。

なんて高まりきっていたテンションが一気に急降下をした。だらんっとうなだれるほどに。

「……そうだった。今夜は大量のモンスターが出るんだった。あーあ、楽しみだったのに」

ぶちぶちと文句を言いながら、やるせない溜息を曇り空に向けてひとつした。

さて、あの刑事さんたちはまともに動いてくれるだろうか。理想としては魔物からの被害を受けないように、避難誘導と封鎖をしてほしいね。そうしたら気兼ねなく1カ所ずつ潰していけば良いからさ。

ただし誰からも信じてもらえないところからスタートだ。手元の材料としてはギズモの巣の残骸とビデオ映像くらいだから、なかなか大変そうだけど。

なんて嘆いていたら携帯電話がブーブーと振動をする。

そこに表示された相手の名は……。

まさかのワン切りである。困ったらいつでも電話しろと言っておいたけど……なんだろ、間違えてかけちゃったのかな。

「雨竜……あっ、切れた」

そんなことを考えているうちに、ブレーキ音を立てて目の前にトラックが停められる。運転席から顔を覗かせるのは、学生の頃からお世話になっている旅籠屋《はたごや》のおじさんだ。

「言われた通り大至急で持ってきてやったぞ。感謝しろよ」

「ありがと――――!!」

瓶底メガネのくせに、にやっと親指を立てて笑う姿は男前だねぇ！

ロープで固定されたバイクは渋い緑色をした単車だ。これは軍から払い下げられたものであり、250CCでありながらキビキビと走るオフロード仕様。市販品との違いは少なく、転倒時のためのリアガード、飛び石から守るレッグガード、ヘッドランプガード、あとは大きな荷台が特徴かもしれない。もちろんフレーム自体の補強もされている。

だけどこの無骨さと渋さが玄人っぽくてすごく良い。さりげなく工具箱がついてるとかさぁ、鑑定士じゃなくっても絶対に唸るって。あんまり趣味じゃなかったけど迷彩服まで買いたくなるくらいだ。まさに終末を迎えるこの俺にこそふさわしい一台だろう。

というかかっちょいー！　これが俺のものになる日が来るなんてよぉぉー！

なんて眺めていたら、旅籠屋《はたごや》のおじさんが近づいてきた。

「くっくっ、すごい顔をしているな。普通はこんなのに女は喜ばないって分かってるか？」

「そんな常識など知らん！　だいたいバッグとか指輪とかスイーツで喜ぶとかさ、あいつらのほうがぶっ壊れてんだよ」

そんな金があったら生活を豊かにしたほうが楽しいって分からんのかね。

まあ分からないいんだろうな。何が「女性は現実的」だ。良い男を捕まえて、いつでも頭お花畑状態にしたいだけじゃねーか。西洋の下らない貢ぎ物文化なんかに染まりやがって。夫へ従順に付き従うヤマトナデシコはどこいった。

そうブーブー言うと、親父さんはニカッと歯を見せた。

「そっちのほうが正しい生き方だろう。皆が皆、お前みたいだったら日本は独身の連中であふれちまって大変だ」

「まあ恋愛に関しちゃ俺はドライだからな。その夫に生涯をささげるっつー面倒くさい文化が無ければ少子化もマシになるんじゃねーか？　ささげたくなるような相手なんてほとんどいないだろ」

動物なんてもっとドライだぞ。一生の夫婦なんて下らないことはほとんどしないし。食って産むという極めてシンプルな生き方だ。飯を食えば美味いし、エッチをしたら気持ち良い。それくらいの考えで良いんじゃね？

　などと荷台からバイクを下ろすのを手伝おうと近づきながら、割と下らないことを話す。だけどそう自分で口にした言葉が少しだけ気になった。

「食って産む、か……まるであいつらみたいだ」

　ふと魔物の姿を思い出す。ギズモらは周囲の者たちを喰うことで数を増し、領域を広げていたようにも見える。いつも俺が倒して素材を貰ってるけどさ、レベルを上げると兵隊も増えていたし、あいつらはそういう意味ですごく動物的だった。

「どうした、後藤？」

「んー、なんでもない」

　いつの間にか手が止まっていた俺は、車体を固定するロープを解き始める。

　少なくとも、これからずっと魔物がやって来るのであれば、人間側も今までとはやり方を変えなければいけない気がしたんだ。

　どっすん、と強力なサスペンションを揺らして車体は路上に降りる。

　んは――っ、かっちょいいよぉー、頬ずりしたいよぉー。あっ、いけね。もうしてたか！

　チャラッという金属音に振り返ると、そこには鍵を持ってなかなかの笑みをする親父さんがいる。作業着がいくらか汚れているのは、納車の前に最後の点検をしてくれたのかもしれない。

「そら、大事に乗ってくれ。俺が丹精込めた一台だ」

「ありがとう親父さん。大事に……じゃないな、これから大活躍をさせる」

なんだそりゃ、と笑われながら鍵を受け取った。しかしそれを手にした直後——ゾワリと背筋が震える。今のはなんだ。すごく嫌な感じだった。

そのとき、今の勘が本物であったかのように脳裏へ夜の案内者《ガイダンス》の声が響く。

《魔物が予測よりも早期に目覚めました》

《一般人が倒されました》

《一般人が倒されました》

《ギズモのレベルが2に上昇しました》

おう、と俺は呻いたきり動けない。与えられた情報の意味がよく分からず、だけど大変な事態になったのはすぐ分かる。怪訝な顔をする親父さんを気にする余裕もなく、じっとりと嫌な汗をかいた。

だけどそんな空白の時間にも、同じような不吉な案内が脳裏に響く。

おいおいおい、大変なことになってるぞ！　人がとんでもない勢いで死んでいないか？　つまり朝の予想が外れたってことか？

《はい、予測は魔物の意思により覆りました。転移を行う前提条件、この世界に馴染むための段階を無視したためです》

「どうした、青い顔して。あとはこっちの書類に……って、どこ行くんだよ！」

親父さんに背を向けて部屋へと向かう。立てかけていた釣り具入れを手にし、机に放っておいたままの素材を、ざざっと手でかき集める。それから昨夜の穴あきシャツとズボン、ついでに革ジャンを着込んでそのまま外へ飛び出し――かけてからヘルメットの紐に指をひっかけた。カンカンと階段を鳴らして降りながら、待っていたおっちゃんに声をかける。

「ありがとう！　早速試運転してくるわ！」

「はあ――っ!?　いま届けたばっかだろうが」

うん、本当に良いタイミングで届けてくれたよ。すっごく感謝してる。今回ばかりは単車でしか駆けつけられないと思うしさ。だから感謝の笑顔をプレゼントだ。

セルスタートを押すと、キュトトと甲高い音を立ててからエンジンが小気味よくかかる。さすがはおじさんだ。新車みたいに調子が良い。ブレーキとギアの確認をした俺は、すぐさま路上へ走り出した。

その背後に親父さんの呆れたような大声が響く。

「初日からすっ転ぶんじゃねーぞー！」

「ったりめーだ、俺がそんなダサいことをするかよ！」

片手を突きあげて挨拶を済ますと、軍用バイクは期待以上の力強さで速度を増してゆく。

湿った風が頬を切り、安定したエンジン音はどこか昔を思い出して懐かしい。

だけどそれと同じくらい俺の心臓は不安な音を鳴らし続けていた。

車体を斜めにさせながら、ドオッとエンジンを唸らせて交差点を曲がってゆく。

革ジャンは風でたなびいてバタバタと鳴り、脇を冷たい風が通り過ぎる。

すぐそこの駅前に人だかりができているのは、電車が停まっているのかもしれない。それでも人々は文句を言うでもなく、じっとスマホを凝視している。

新宿での騒ぎは沈静化し、日常が戻ったと思われた。ここで再び異変が起きれば、今度こそ現実として人々に認識されるだろう。だが、認識したぐらいでどうにかなる相手じゃない。夜《ガ》の案内者《イダンス》の予想さえ覆して真昼間から現れた。さらには21箇所もの多くの場所に現れる。だから彼らは今日から高みの見物もできない。

吐き出されるエンジンの熱を感じながら、ヘルメットを傾けて後方を見やる。すぐそこのデパートの入り口だって出現予測の場所なんだ。あいつらはいつも俺の希望的観測なんて鼻で笑い、この東京で人間よりも上の生態系になりたがる。

それを警告するような時間さえ俺には無い。ハンドルを握ると「ふざけんなよ」という想いを代弁するようにオンッと軍用バイクは唸り、わずかに前輪を浮かせた。

そうだ、こんな日だった気がする。

今にも雨が落ちてきそうな空をゴーグル越しに眺めながらそう思う。

幼少のころの記憶は曖昧で、古びたフィルムのようにほとんどが褪せてしまっていた。だけど意思の強そうな父の眉と大きな背中、物静かでも優しい目をしていたのはちゃんと覚えてる。久しぶりにバイクに乗ったせいか、あるいは現実逃避をしたかったのか、そんな古い記憶が脳裏によみがえってきた。

懐かしくもあり、いっそ逃避してしまいたい現実もあり、子供のころの空気にゆっくりと俺は浸ってゆく。

そう、そうだ、あの日——……。

縁側で電話を受けた父へ、休みなのに仕事なの、と俺は声をかけた。ふてくされたような声だったかもしれない。はは、さすがに忘れちゃったな。畳の匂いは覚えてるのに。

父は困った顔も見せずに俺の頭にぽんと大きな手を置き、そしてしゃがみこんで同じ目線になる。やっぱり寡黙な父らしく、泣きそうな俺にひとことも声をかけなかったな。

家から出て、そのまま日が変わり、いつ帰ってくるのと母に何度も聞いた記憶がある。料理をしている母は振り返らずに家事をし続けた。それが不思議で、何度となく尋ねたような気がするよ。

今にして思うとすごく残酷だったかもしれない。どんな言葉よりも母を傷つけるのだと俺には分からなかったんだ。

でも今だったら分かるかな。

うん、ちょっとだけ父の気持ちも母の想いも分かるかもしれない。

軽快に飛ばしながらも定期的に届く「一般市民が倒されました」という案内へ無表情になってゆくんだ。

バカっぽいけど俺は冷静なほうだし、他人のことをあまり気にしない。

だけど身体が熱くなるんだ。分かるかな、早く魔物を倒したくてたまらないんだ。どるどると鳴るエンジン音が、それに拍車をかけるようだった。

これは父のように立派な正義感なんかじゃない。前に通り魔から殺されかけたせいで、皆の気持ちがすごく分かってしまうんだ。

日常が非日常にがらりと変わる瞬間。

あれはすごく怖かったし、今はその空気が濃くなってゆくのを確かに感じている。

《ギズモが一定の経験値を得ました。魔物の階位《ランク》が上昇します》

ミシッと俺の額に血管が浮かぶ。俺の生まれ育った東京で、父が守ったこの国で、どれだけ好き勝手に暴れれば気が済むんだ。おう、今からぶっ殺して、素材をほじくり出してやるから待ってろや。

示された座標までだいぶ近い。近代的なビルが立ち並ぶその先には黒煙があがっていた。

★　★　★　★　★

渋谷駅前の高架橋の下という、いつもなら車通りの多い路上に片膝をつき、そして俺は通りを眺めていた。

週末とあって駅前にはかなりの人がいただろう。路上には多くのブレーキ跡が残されて、その先には転がった車もある。アスファルトにはバラバラと人が倒れているが、黒い染みの広がりを見るにもう生きていない。

ショーウィンドウの多くは割れ、破片が辺りへ飛び散っている。終末はまだ先だろうけど、少なくともこの周辺だけはそれっぽい。ごろごろと死体も転がってるしな。

死体を見るのはこれが初めてだった。いや、警官のときも目にしたか。だけどこの血の臭いというやつはどうも慣れそうにない。恐怖に呑まれないように俺は思考を働かせてゆく。

「パニックを起こし、道路に飛び出た、か？」

道路に飛び出してはいけません、という言葉は誰しもが小学校にあがる前から教わる。ではその言いつけを忘れさせた相手はどこにいる。恐怖を撒き散らした元凶はどこだ。

すぐ目の前に倒れていた男性は、少なくとも死因は交通事故じゃない。頭部に複数の穴を開けており、ギズモから貫通攻撃を受けたのだと分かる。

もう悲鳴も聞こえてこない駅前に、視線をゆっくりと動かす。

敵に倒されたと分かる遺体。それを順に目で追ってゆくと……いた。あれだ。待ち合わせでも使われる銅像に、真っ黒い塊がある。

それは繭のように糸で固定されていたが、バキ、バキッ、と内側から何かが出てくる。

やがて全身を現したそいつは、かろうじて人型をしている虫だった。

身の丈は2メートルくらいあって、力強そうな体格をしている。その触手だらけの顔を見て

「やっぱりモンスターだったか」と俺は冷や汗を流しながら呟く。同時にもうひとつの謎も解けた。それは急激にレベルをあげるギズモらが、最終的にどうなるのかという謎だ。

そう、ああなってしまう。

十分に力を蓄えると、あの巣が繭となり、強力なモンスターを生み出すという流れだ。これまで数多く倒してきたゴミ虫どもは、あのまま放置していたら大変なことになっていた。

な？　俺が素材にしといて正解だったろ？

なんて自慢している場合じゃないか。ガイド君、あれで完成形か？　もう強くならない？

《異なる世界では成体でしたが、環境が異なるため推測不能です》

どっす、と虫人間が地面に降り立ち、さらなる獲物を求めて歩き始める。それを眺めながら、なるべく落ち着こうと再び思考にふける。

たぶんだけど、あれにはまだ先があると思う。例えばだけどさ、もう1体の異性が現れたらどうなると思う？　そう、次にやって来るのはより最悪とも言える「繁殖」だ。

ふー、ふー、という息をし、物陰に潜む俺はアドレナリンの高まりを感じていた。手には闇《バ》礫の剣《レットソード》があり、ぎゅっと掴んで恐怖心を薄めさせる。

悠々と歩くソイツは人型の魔物で、これまで散々倒してきたギズモらと似た色、そして雰囲気があった。見るからに強いと分かるし、考えなしに突っ込んではアウトだとも分かる。

落ち着け、まずは連絡だ。懐から携帯電話を取り出すと、昨夜の連絡先にかける。しばらく待つと繋がった。

「西岡だ」

「やあ、後藤だけどさ。渋谷の件って、そっちではどんな感じで動いてる？」

口元を袖で押さえ、魔物に警戒をしながら話しかける。しばしの沈黙を置いて、相手の西岡さんは絞り出すような声を受話器から響かせた。

「……どうなってる、お前の言っていた予想と違うだろう。どうしてこうなった！」

「あくまで予測と言っただろ。それよりもはやく状況を教えろ。時間がない」

受話器からは騒々しい話し声が飛び交っており、大混乱の様子が伝わってくる。サイレン音も聞こえるから、ひょっとしたら車で移動中なのかもしれない。

普通なら一般人に捜査情報なんて教えはしない。するわけがない。だけど一晩だけとはいえ戦友でもあったし、この事件の真相について多少なりとも俺は知っている。事件を解決するための糸口だと彼から思われているだろう。

だから彼は周囲へ聞こえないように声を抑えて説明してくれた。

「いまは周辺封鎖と同時に第三機動隊を動かしている。もう現場についているころだが、こちらはまだ何が起きているのかも分かっていない」

「言っちゃいなよ、魔物が出たぞって。そうしたらあと1時間で信じてくれるって」

狼少年の逆バージョンってやつだ。ほんと自分がやらずに済むのってすごく楽。めんどくさいことを押しつけるだけで良いって素晴らしいね。

彼が否定の返事もしなかったのは、きっとそれを考えているのだろう。

それと機動隊をすでに出動させていたとは恐れ入る。もし自動小銃の装備まで認めているなら、水面下で政府側も動いていた可能性だってある。だけどそうはならない。だって上の人たちは責任なんて取りたくないから無難なほうで話がまとまっちゃう。なので、まず彼らができるのは拳銃の所持と偵察までだ。

「まあいいや。ちょうど魔物を見てるとこだけどさ、かなり強いぞ。こっちの生映像見たい？」

「……後藤、まさかそこにいるのか？　いやもちろん見たいが、どうやってこのスマホで映像を見るんだ？」

えっと、言っておいてなんだけど俺もよく分からん。そういやテレビ電話みたいな機能とかあるんだっけ？　そんなのリア充どもしか使わんだろ。

いや、そんなふざけたことを話している場合じゃなかった。悠々と歩いていた人型の魔物だが、車の陰に隠れていた一般人がワアアと悲鳴をあげて逃げ出したんだ。

あれは助けられないし、魔物が口内から何かを射出すると、すぐにパッと血煙が舞う。

フ――と長い息を吐いたね。いまの悲鳴を消した一撃は、こちらと同じ攻撃手段、遠隔射撃だった。しかも威力も速度も桁違いときたもんだ。

ごっくと唾を飲みこみ、様子をさぐる。

奴はなにをする気だろうか。かがみこみ、がぼりと口を開いたのにはどんな意味がある。だけどその先の光景はさすがに見れなかったよ。頭骨にかじりつき、中身を……うっぐ、あんなの見たくねえっての！

《恐怖耐性がＬＶ４に上昇しました》

酸っぱい胃液が出てきた。おまけに心臓は早鐘のように鳴り始める。

イガ栗みたいなときからそうだったが、なぜあそこまで人の頭部を狙うんだ。いや、それよりもあんなのを相手にできる奴なんているのか？

甲殻は鎧のようだし、赤い複眼はいくつあるかも数えきれない。少なくとも西岡さんと話していられるのはこれまでだ。多少なりとも状況は分かったので、震える指で携帯をそのまま腰に吊るす。

《隠密《ハイド》がＬＶ２に上昇しました》

そりゃ上がるでしょうねぇ。だって命がけだもん。

奴はのんびりと食事をし、俺はいつ死んでもおかしくない思いをしている。時々、ふっと日常の思い出に浸ろうとするんだ。ラーメン食いたいなー、とかそういうやつ。これはあまり良くない。頭が現実逃避をしたがっているんだ。勝てないと思える相手に、ただ隠れているだけで集中力は限界を迎えていた。

さて、どうする。

相手はどう見ても格上だ。そして俺が辿り着くまでのあいだに、もうひっくり返せないほどの実力差になってしまった。俺の狙撃程度で倒せる相手ではないし、きっと当たりもしない。俺の武器である弾丸《バレット》は、プロペラのように回転をするタイプなので着弾までが遅いのだ。

再び、長い息をフスーと吐く。

身体と頭脳をリラックスさせ、ほんの少しだけの休憩を許した。これは仕事中なんかで皆も無意識に同じことをしてると思う。今とは違う視点で考えたかったんだ。

そう、今は勝てない。それは間違いない。正面から行っても狙撃をしてもチャンスは薄い。むしろ相手のレベルを上げる結果になる。

となると先ほどの第三機動隊とやらの到着を待つべきだ。現代兵器が有用なのは既に分かっているので……などと考えているときに、通りを挟んだ反対側に動くものが見えた。

「ん、あの装備……さっき聞いた第三機動隊か？」

そいつらは16名規模で組織をされており、独特なプロテクターで全身を覆っていた。先頭の者は路地裏に膝をつき、後方の者らは壁を背にして様子を探ってゆく。

動きは様になっているが、この距離で分かるほど彼らは驚いており、ぎょっと目を剥いている。化け物はヤンキー座りして楽しいお食事中だったからね。

見守る俺としては無線で相談なんかせずに、さっさとその拳銃で撃ってほしい。射速で言うならこちらが持っている武器よりずっと上等なのだし、数を撃てば確実に倒せるんだ。いいから撃てよこの平和ボケ野郎どもが！

――ごぼっ、ごぼっ、ごぼぼ……っ。

そのとき、変な音が聞こえてきた。見れば魔物は腹のあたりを震わせており、まるで胃の中のものを逆流させるような響きだ。なにか嫌な感じがして身を伏せるのと、ぐるんっと奴の首が機動隊へ向けられるのは同時だった。

細かな牙に包まれた口内が紫色に染まる。いくつかの無線がモンスターの挙動を慌ただしく伝えていたのだが、その瞬間、全てが一斉に沈黙をした。


――ギュボアッ！


放射状に吐き出された液体、それには金属さえ腐食させる効果があり、頭っからかぶった男性らは、すぐに溶けてそのまま地面にピンク色の液体をブチまけた。

ギャ！　という一瞬きりの絶叫。そしてすぐに痛いほどの沈黙が落ちる。そこにはもはや人体と呼べるものは残されておらず、グズグズに溶け出す様子にはさすがの俺も唖然とした。

《闇属性の溶解液放射《メルトブレス》です。対応技能《スキル》が無ければ、ダメージは極めて甚大です》

無理だ、あんなの。

撤退しよう。これは次の戦いに備えたものだ。決して逃げるわけじゃない。そう理性は訴えかけてくる。意味のない死を迎えてどうする。勝負にならない戦いをしてどうする。生き延びるためにサバイバルの準備をしていたのだろう、と。放っておいても新たな機動隊が来て、今度こそ倒してくれる。そうだ、そうに違いない。

だけど見ちゃったんだ。

別の場所に隠れていた女性が、魔物に捕らえられる姿を。背中までの黒髪を揺らすその女性の姿は……ぐらりと視界が歪むように感じた。雨竜千草、あれは俺の後輩だ。ついこのあいだ世間話をして、ケラケラと笑い合った仲だ。

悲鳴も上げず、助けてとも言えず、ただ魔物の開かれた口を見て青ざめてゆく表情がすごくキツかった。

胸をぎゅっと締めつけられて、俺まで泣きそうになっちまう。

だけど弱いんだ。今の俺は弱くって、大事な友達を救えもしないんだ。

ごめん、ごめん、ごめんなさい……。

肩にのしかかる罪悪感でうつむくと、そこには震える俺の脚が見えた。子供のようにぶるぶる震えるそれを見て、すとんと表情が消え失せる。

　これは、違う。今までずっと俺の理性が訴えかけていたのは、次に備えた撤退なんかじゃなかった。遠くに逃げて、俺だけ助かりたかったんだ。ブルってたんだ。

　――シュドッ！　シュドッ！

　その瞬間、俺はすぐさま武器を構え、大した狙いもつけずに引き金を絞った。

　運が良いのか悪いのか。食事しか見てなかったおかげで弾丸《バレット》はモンスターの背に当たり、奴は振り返ってギロリと俺を睨む。

「おう、やっぱモンスターってのはアホだな。来て早々に暴れるとか、一体どこの雑魚キャラだっつー話でさ」

　そう軽口を叩いて、俺は姿を現した。それから通りをのんびりと眺め、待ち合わせの友達と合流するような気軽さで歩み寄ってゆく。

　女は度胸だ。少なくとも、これから死ぬまであの子の悲鳴を忘れられないよりずっと良い。

「俺なら現地のことをちゃーんと調べて、じわじわと内側から……って、あれ、聞こえてない？それとも言葉が分からんのか？　ヘイ、キャンユー・スピーク・ジャパニーズ？」

　へらへらと笑い、すぐにやられてしまいそうな雑魚っぽい口調をするのが俺のお気に入りだ。何だこのバカはと思われたほうがずっと楽しい。だってそうだろ？　相手を見下すような奴なんて、実は大した奴じゃないしさ。

　どっすんと雨竜は腰から落ち、すぐに大きな瞳をこちらへ向けてくる。

ほら、早く逃げちゃって。少なくとも今だけはヒーローになれるから。

願いは通じ、女の子は踵を返して逃げて行く。

じぃとその背中を見ている魔物に向けて、俺は近づきながら懲りずに話しかける。今はなるべく注意を引きつけたい。

「なんだっけ、ギズモぉー？　お前の部下みたいなやついたじゃん。クッソ雑魚だったよ。ただ武器とか防具とか作れたから、その点だけは感謝かなあ。お前からは何ができるかなあ。やっぱり勉強机とかかかなぁ」

ギチギチギチギチッッ!!

威嚇音がそいつの牙から聞こえてくる。これがまた両手で耳を塞いで、わーって大声をあげて逃げたくなるような怖さだったねぇ。

まあいいや、こいつと戦うって俺はもう決めたんだ。

「剣術士《ソードマン》の職業《ジョブ》を取得。それと【剣技《ソードアーツ》】にもありったけのポイントを使え」

《剣術士《ソードマン》ＬＶ４を取得しました。剣技《ソードアーツ》ＬＶ４を取得しました。剣技《ソードアーツ》【オラトリオ】を自動取得しました》

余っていた全てのポイントをここで注ぎ込む。その効果は劇的だ。全身の筋肉がみちみちと膨れ上がり、手にする剣からは本来あった力が伝わってくる。

それから日本代表みたいな決意で正面に立ち、にやぁーと俺は笑い返してやったぜ。命がけのやせ我慢だからさ、口角をぐっと上げる鬼のような形相だったろうよ。
今にも雨が落っこちて来そうな曇天の日に、モンスターとの戦いが始まった。

――ゴッ！

ギズモの親玉が選んだ初手は、突進と同時の薙ぎ払いだった。鎌みたいにでかい鉤爪《かぎづめ》が、恐ろしい速度で襲来する。
これは躱《かわ》しても左右から際限なく斬りつけられる予感があった。下がればさらなる圧力を与えられ、押し込まれるとも。なので嫌だろうが何だろうが俺はカウンターを狙わざるを得ない。
かがみこみ、一撃目をやり過ごすとやはり角度を変えた鉤爪はまったく同じ速度で襲来する。
ぎゃんっ！　と剣で弾けたのはたまたまだ。火花を散らしてわずかに軌道を逸らしたおかげで、頬をざっくり切られただけで済む。
《【闘術：回避】ＬＶ１を自動取得しました》
《【闘術：受け流し】ＬＶ１を自動取得しました。難度ボーナスによりＬＶ２に上昇しました》
今は絶対に勝てない相手だ。それだけは間違いない。もし勝てるとしたら機動隊の持つ拳銃の集団射撃だったが、ついさっきあいつらは溶けちまったよ。文字通りの瞬殺だ。

しかし脳裏に淡々と響く案内に、ぴくんと意識が反応をする。ほんの少しだけ希望と似たものを感じ取ったんだ。

このまま技能《スキル》を上げてけば勝負になるんじゃね？

いや無理だ、ありえない。いったいどれだけの確率をくぐり抜けたらそんな芸当ができる。そう理性から訴えられたが、俺はバーカとだけ答えてやる。ついさっきまでブルっていて、逃げたくてそれっぽい嘘をついた理性なんてもう信じない。俺がこうすべきだと決めたら、お前はしっかりと仕事をこなすんだ。

だけど味方がいないわけじゃない。一気にレベルを４つもあげた剣術士《ソードマン》、そして剣技《ソードアーツ》は劇的に俺の身体能力を向上させている。攻撃を受けても手はまるで痺れず、己の持つ力というものを教えてくれている。

はっきり言ってこれは感動モノだった。

剣を扱うことの本質が頭と身体に流れ込んでくるってのはさ。

シュゴッ……！

身体の側面を、恐ろしい速度で風が抜けてゆく。ぎりっぎりでかわせたけれど、これはもう運というか勘だね。もう１回やってみてなんて言われたら「テメエがやってみろや」とブチ切れる自信がある。

《闘術：回避がＬＶ２に上昇しました》

だけど実力の差は歴然だ。ちゃちなカウンターなんてものともせずに、相手からの攻撃は際限なく続く。

ドッ！　という衝撃が脇腹を抜けた。その蹴りは厚いコンクリートでも余裕でブチ抜きそうな勢いだったが、ギリッギリで盾の展開が間に合っていたのは奇跡だったねぇ。まったく、神様ってのはいるもんだ。

《【闘術：盾】ＬＶ１を自動取得しました。闘術：盾がＬＶ２に上昇しました。即死級攻撃を防いだことでボーナスが発生します》

やっぱなあ、どれもこれも即死ものだと思ってたよ。分かってた。どれもこれも電車がかすったくらいの迫力があったしさ。でも知りたくなかったなー。

そう悠長に考えながらも俺は引き金を引く。ノーモーションの至近距離だ。狙いはもちろん奴の鉤爪で、がつんと真上に軌道をずらす。あと40発くらいあるしさあ、使い切るくらいの気合いを見せるんだぜ。ヘバるんじゃねえぞ。

今は、勝てない。

それは間違いない。

しかし、ずっと勝てないわけじゃない。永遠に勝てない相手なんていない。

そう思いながら絶望的な攻撃を見極める俺の瞳は、たぶん肉食獣のようだったろう。ぐつぐつと煮立つスープみたいに、ぶっ殺してやりたいという気迫が燃え上がる。

ああ、こいつの余裕面が消え去って、絶望する顔が見てえなぁ。

土下座させたら胸がスッとするだろうなぁ。

ビュン！　と弧を描いたのは奴の触手で、すかさず2歩だけ俊足《ヘイスト》を効かせたブレぎみな俺の背後に抜けてゆく。

そいつはアスファルトから高級車まで斜めに切り裂いて、放たれたのと同じ速度で戻っていった。断面から真っ白い煙を上げているのは……今の一撃に強酸でも混じっていたのか。

うーん、当たったら余裕で死ねる。

見ろ、見ろ、見ろ。

怖くても嫌でも何でも、相手の動きをちゃんと見ろ。せっかく生き残るためのヒントを示してくれるんだしさ。おう後藤、気合い入れてけや！

ボッ、ボボボ……！

頬が歪むような速度で俺は前後にスウェーをする。

何だろうな。最高にハイって奴か。脳内物質が駆け巡っているのか頭はキンキンに冴え渡り、指先まで思い通りに動かせる。うーん、良いね。悪くないよ。ほどよく恐怖心が消えてくれたことに満足した俺は、すぐ目の前にある化け物の顔に笑いかけた。

「どうしたよ、化け物。これで本気じゃねえだろうな。ああッ!?」

そいつからの返事は、ガパリと開かれる牙だらけの口内だった。頭っから丸呑みにされてしまいそうだ。その奥でキラリと輝くいくつもの物体が見えて……俊足《ヘイスト》を効かせた全速力で俺は横へと走る。

シュカカッ！　シュカカカッ！

闇礫の弾丸《バレット》！　俺がいっつもお世話になっている奴だ。ただし威力は桁違いであり、無数に吐き出されたそれは道路から車までグズグズに変えてゆく。

パンと標識は根元から歪み、電光掲示板からショーウィンドウまでをも破壊する。

いいじゃねえか、ボス戦って気がしてきたぞ！

大量のガラスが散乱し、日本らしからぬ破壊と殺戮の景色へと様変わりしてゆく。

どおッ！　と爆発をしたのは途中にあった車で、そういや軍用車がディーゼルを選んでるのは爆発を防ぐためだったか、などというどうでも良い豆知識を思い出す。

ぎゅっと指を握ると、奴と同じ闇属性の盾がカシシシッと集合して生まれた。

《同属性ボーナスが発動しました。盾効果が向上し、耐久力が上昇します》

機関銃を浴びたような光景で、斜めに無数の光条が飛んでゆく。

盾は宙に浮かんでいるので衝撃は少ないが、こうして逸らすだけでもボロボロの穴だらけに変わりつつある。これでボーナス込みだって？　はっ、笑えるわ。

その穴に闇礫の剣《バレットソード》をかつんと置く。

――シュドッ！

たくさんの火花を剣の背に散らし、背の溝に沿って弾丸《バレット》は吐き出され、大きすぎる的である奴の口内へと吸い込まれた。

バツッ……バガンッ！

その後頭部まで衝撃を与える一撃に、奴はオゲエエと呻く。やっぱなあ、分かってたよ。ただ逃げるだけじゃ駄目だって。たまには反撃をしたほうが良いってさ。

先程からひっきりなしに技能《スキル》向上の案内が聞こえている。恐らくは多すぎるレベル差によるものだろうが、ひとつ行動をするたびに上がってゆく感じだった。だけど、とてもじゃないが満足なんてできないなぁ。死体がゴロゴロ転がっているなかで喜べる奴なんていないだろ？

などと思っていた瞬間、シャッという音と共にモンスターは俺の真横に移動……おげえ、速すぎるだろうが！　こっちは盾を構えたままで……目を見開きながら必死に身を捻ろうとするが、ぜんっぜん間に合わない！

——ゴズン……ッ！

脇腹への蹴りによる衝撃は、そのまま反対側まで貫かれる。内臓が口から出てきそうな圧迫感と、簡単にヘシ折れてゆく肋骨をただ感じる。そのまま「く」の字になって俺は飛び、高級車へと叩きつけられた。ごぼっと血を吐いたけれど、慌てず騒がず継続治癒《リジェネレーション》だ。

ピーピーと盗難防止の電子音が響くなか、身体から蒸気をあげて「よっ！」と立ち上がる俺に魔物は目を剥いた。

「よし、じゃあまた最初っからやり直しだ。ヘバるんじゃねえぞ」

べっとアスファルトに血を吐き、そう告げる。

いや回復できる量に制限はあるから不利には違いないんだよ。実際に残りの回復量は半分を切ってるしさ。でも折角なら相手にプレッシャーをかけてやりたいじゃん。

そのとき魔物が目つきを変えた気がした。ようやく俺を警戒すべき相手だと認めたのか、一定の距離から近づかない。そして頭についたトゲが空気をビリビリと震わせた。

『……何者ダ、お前ハ』

あれま、こいつ言語まで覚えたのか。だけど握手をして友好的になりたいとは思わない。先程まで執拗《しつよう》に食していた脳が、言語習得に至らせたのだろうしな。ただブッ殺してやりたい気持ちだけが強くなる。

「いや、どう見たってお前が何者だっつー話だろ？　新種の宇宙人みたいな顔をしやがって。そうだ、あとで博物館に寄贈してもいいなあ」

《剣技《ソードアーツ》がＬＶ５に上昇しました。剣技《ソードアーツ》【灼熱剣《レッドロータス》】を自動取得し……》

「灼熱剣《レッドロータス》」

ガイドからの説明を聞く前に、俺は技を行使する。何かの変化が欲しくてたまらなかったし、ちょっとでも相手の呼吸を崩してやりたい。

ごおうと剣は黒炎に包まれて、俺の髪は熱風にたなびいた。

こういうときって、ちょっと俯いて表情が見えないくらいが良い。

ズタボロの焦燥した顔より、そうした姿のほうがずっと良い。

主に自己満足の意味でさ。そういうのって分かんだろ？

★★★★★

ヘルメットに付属したバイザーを開いて、その男性は双眼鏡を手にしていた。じっとりと嫌な汗を流しながら。

ギズモという魔物を見て、きっと雪崩のように人々は逃げたのだろう。当時の混乱が分かるほどアスファルトには動かぬ者たちが無数に倒れており、また破片や瓦礫《がれき》だけでなく靴や荷物まで散乱している。これが治安国家である日本の光景とは信じがたい。

戦場やテロと異なって見えるのは、恐らく救助すべき負傷者が一人もいないことだ。折り重なるように倒れた者たちは全て絶命していた。

「なんだ、これは。人を殺すことに執着しているみたいだ」

ごくりと唾を飲みこんで、機動隊員は震える声でつぶやいた。一刻も早く状況を把握しようと努める彼だったが、視界に入るのはいずれも頭部が弾丸のようなもので貫かれた死体であり、うめき声や悲鳴さえ聞こえてこない。それがこの渋谷で起きている事件の異様さを伝えていた。

ギズモは生体を殺し、己のレベルを上げ続ける。

蹂躙《じゅうりん》は生態系の頂点に立つまで決して止まることは無い。

そのような事情などまったく知らぬ機動隊員であっても、この異様な空気から危機感を嗅ぎ取れる。さらには遠方で暴れ狂って建物や車を破壊してゆく危険生物が見えていては、きっと彼でなくとも現実逃避をしたくなる。

双眼鏡を下ろし、汗にまみれた額を拭う。そのとき襟首を掴まれて装甲車にガンと叩きつけられる。目の前にはスーツ姿で血相を変えた西岡がいた。

「さっさと狙撃銃を用意しろ！　俺の友人が襲われているんだぞ！」

そう唾を飛ばされて、しばし男は目を白黒させた。ゆるゆるとした緩慢な動きで視線を戻せば、そこにもまた必死の形相で戦う女性がいる。あれを見なければ狙撃銃など冗談かと笑い飛ばしていたが、今となっては必要だろうと彼も思う。

しかし、と彼は踏みとどまる。

「だから言ったでしょう！　もう申請はしたんだ！　我々にできるのは待機しか無いんだ！」

「だったら何度でも申請をしろ！　傍観することがお前の仕事じゃないだろう！　一般市民が死ぬところをただ眺めているのか！」

ぐらんと彼の頭が揺らぐ。あんなものを相手にすることが責務などとは思えない。しかし人ではない何かを相手にするような組織なんて無い。今はただ後続部隊の主装備が９ミリ式の短機関銃であることを願うばかりだ。

「う、うるさい！　さっきのを本当に見ていたのか？　こっちだって同僚を溶かされてんだ！上からは勝手に動くなと厳命されている。どうしろって言うんですか、この私に！」

化け物への対処法なんて分からないが、刑事が相手なら別だろう。これまでの溜まりに溜まったストレスを吐き出すように、怒気も露わに機動隊員も叫び返す。

無論、西岡という男は一歩もゆずらない。ガンと額をぶつけ合い、ふしーっと互いに熱された息を吐く。彼と負けず劣らず体格の良い機動隊員は、強化ゴーグル越しに睨み返していた。

これが日本の弱いところだろうと西岡は思う。

現場での臨機応変さなど上は求めておらず、完全に従うことを強制させている。だからこそ現場の様子を見れば上がどのような心境なのかも丸分かりだ。

恐らく上の連中は現状への対処法を考えるどころか、まともな思考を失っている。市民が殺戮されているというのに「現場待機」という消極的にすぎる指示しか出せていないからだ。

本当に対テロ訓練をしているのだろうかと西岡はやるせない思いだった。しかしと、これでは埒《らち》が明かないと悟った彼は、無為に時間を浪費することをせずに身を離す。

「分かった。お前たちが何もできないなら俺がやる」

お、おい、と肩を掴もうとする機動隊の手を払い、現場への封鎖線を彼は身を屈《かが》めてくぐる。

腰に吊るした銃器に手を当てる彼には集う者がいた。これまで共に事件を追ってきた同僚らであり、何かを決意した表情で封鎖線を次々と通り抜けてゆく。

「西岡さんッ！」

しかしそのとき、若手の鋭い声が背後から投げかけられた。声を聞くまでもなく若林だと分かったし、一斉に視線を浴びる彼はおびただしい緊張の汗を流していた。

「行って、あそこに行って、どうにかなるって言うんですか⁉」

「……お前はここで待っていろ。報告する者が必要だ」

「僕は臆病風になんて吹かれていない！　本当に分かってるんですか、西岡さん！　今が本当に危険なときだってことに⁉」

その必死な形相に、思わず彼らの足は止まった。

最も若手の青年は、これまで度胸の無い者だと思われていた。公安から声がかかっており、現場での知識を十分に学んでから去ってゆく男だと。慎重な性格であるせいで一般人の後藤にまで馬鹿にされていた。

しかし今、全身をぶるぶるとわななかせて怒鳴る彼は、普段と異なっていた。いや、異なっているのはこの日常なのだ。彼はただ、現状をきちんと理解したにすぎない。

「に、20体だ。あ、あれが、あんなのがあと20体もいる！　最悪なのは今ではありません。化け物がもう1体、いや、もっとたくさんのギズモが予想よりも早くに生まれて、各所で暴れ回ることです！」

ようやく彼の流す脂汗の意味が分かった。同時にまたひどい悪夢を見せられたように周囲の者らも呻く。

そうして皆の意識を集めた青年は、手元のノートパソコンを震える手で開いた。朝方に後藤から聞いた出現位置の情報がモニター上で明滅をする。

「今のところ予想が外れたのは最初の1体だけですが、追従するやつがいてもおかしくありません。や、やりましょうよ。あのいい加減な後藤さんが命懸けで頑張っているんですよ？　僕らにしかできないことをやらなくてどうするんですか。僕はやりたいです、頑張りたいんです」

うなだれながら彼は消え入りそうな声でつぶやいた。分かってはいるのだ。その対応は極めて困難なことだと。上を理解させるには時間がまったく足りず、かといって現場の者を勝手に動かすことなどできない。それでもやりたいと青年は主張したのであり、皆は沈黙しか返すことはできない。拳銃を手にして特攻をしたほうがずっと楽なのだ。

しかしそのとき、ひょいと片手を上げる痩せた者がいた。この状況であろうと顔色を変えないのは薄木という男だった。

「彼の言っていることが正論です。彼女だって負ける気で戦っていやしないでしょう。第一、あれでは加勢をしても邪魔にしかならない。若林君の言った通り、まず我々にできることを、いや、しなければいけないことを優先しましょう」

その落ち着いた声色は、彼ら男たちの頭を冷ます効果があったらしい。西岡の目つきはまた異なる鋭さを持ち、ホルスターの銃器から手を離す。そして元いた場所に戻りながら、意思の強そうな口を開いた。

「すぐに魔物用に武装させることは無理でも、市民への避難勧告ならできるだろう。上の奴らに許可を得る必要はない。地域課の奴らに今すぐ連絡をしろ」

「あ、いや、私から連絡だけはしておきます。市民を守るためだと言えば首を横には振らんでしょう。まあ縦にも振らないでしょうが。我々も組織なんですから体面だけは保たないと」

のんびりとした声で薄木は再び西岡の頭を冷ます。これもきっと10年以上の付き合いだからこそできる会話なのだろうと、若林は感心する思いで眺めていた。

一方の西岡はというと、不機嫌そうに頭をガリガリと掻きながら苛立たしげにボヤいた。

「まったく役に立たん組織だ」

「西岡さん。我々だけでも役に立つ組織になりましょう」

おや、と西岡は意外そうに彼を見る。薄木という男は、あえて周囲から一歩でも二歩でも遠ざかって客観的であろうとする。そうして皆に問題があったときは歯止めとして動く。しかし今の言葉はどう聞いても当事者としての情熱があった。

視線の意味に気づいた彼は、にやりと不敵な笑みを浮かべる。

「後藤君の熱にあてられるには年を取りすぎているはずなのですがね。では、連絡を終えたら出現予測の情報を皆と共有しましょう。それと……」

若林、そして薄木がじっと彼を見つめた。今ここで上司である彼にしかできないことを分かっている目で。その訴えるような視線に苦笑を返し、西岡は力強く頷いた。

「ああ、俺から言おう。これからギズモという魔物が出るぞ、とな。笑われるのは今だけだ。数時間後には全てが変わる！　全員、気合いを入れていけえっ！」

おおっ！　という刑事一同の雄々しい声が辺りを震わせた。

★★★★★

長く苦しい戦いが続いていた。

レベルの差があろうと俺がうまく立ち回っていたように、魔物も工夫をし始めたのだ。言葉を覚えるくらいの知性があるのなら当然だよな。

それはとても単純で、かつ効果的な方法だなと思ったよ。

頑丈で大きな身体を活かしたタックル。それをかわした先でコンクリートを砕いて細かな破片を飛ばす。ビシビシと身体に食い込むが、こちらには目をかばうくらいしかできない。

化け物らしく衝撃などものともせず、小さな存在を踏みつぶそうと奴は再び迫りくる。

「ぐうっ……！」

しかしこの体格差とスピードでは、大きく動いてかわす必要があった。

体勢が崩れてしまい、思うように反撃できなくて俺はイライラしている。だが嫌がって距離を取れば今度は遠隔攻撃の良い的だ。相手からしたら安全圏から攻撃できるようになるだけなので、その手は選べない。長時間の戦いによって呼吸と集中力まで切れかけてきた現状では尚更だ。

それもこれも先ほど見せられた超スピードでの攻撃のせいだろう。あれが無ければ逃走という選択肢も残しておけたし、もっと警戒を緩めて思い通りにやれたのに。

そう、魔物は技ではなく本来からあったレベル差で圧殺を仕掛けている。こうして力任せの質量をぶつけて来られるだけで俺は追い詰められてゆき、徐々にレベル通りの戦いに変えられつつあった。いわゆる蹂躙だ。

「ああそうかよ、やったろうじゃん！」

ベッと唾を吐いて、疲れ切った身体であろうと無理やりに己を奮い立たせる。

憔悴した表情を獰猛なものに変え、俺は正面から待ち構えることに決めた。肩からの体当たりをブチかまされる直前、自分から後方に跳んだのだ。

そうして最小限のダメージで攻撃の機会を得ようと闇礫の剣《バレットソード》の先端を向けた、のだが……魔物がアスファルトに爪を突き立てて、ぼこぼこと盛り上げながら急停止してゆくことに目を見開いた。それから牙だらけの口を開いてゆき……。

ず、バシャア……ッ!!

こちらは眉間に2発ほどの弾丸《バレット》を浴びせ、その代償として腹部を散弾銃で撃たれたように穴だらけにされてしまった。背後の壁面に血が塗りたくられて、これまでの死闘による熱気のせいか湯気があがる。そのとても濃い血の匂いを嗅ぎながら、くの字に俺はしゃがみこんでゆく。

あぁ……と、か細い声が喉を震わせる。

こっちが裏をつかれた。

それはとてもショックだった。

俺が後方に跳ぶと読まれ、そして宙に浮いた回避不能の状況で弾丸《バレット》を撃ち込まれてしまった。

プラマイゼロどころか大幅なマイナスだ。致命的といって良い。

「げえ、うっ……リジェ、ネぇ……っ！」

絞り出すようにそう技能《スキル》を行使したが、これは内臓まで瞬間的にふさげるような代物じゃない。地響きをあげ、迫りくる魔物をかすんだ視界でぼんやりと見続けなければならなかった。

そこから先の記憶はあんまりない。逆光となったギズモから動物的に両手を振り降ろされ、剣による受け流しのみで二度、三度と奇跡的にいなしてゆく。いや、いなせているのか？　痛みを感じないからもうどうなっているかも分からない。

盾なんてとっくにバラバラだ。

腹に力が入らないので、もはや上半身さえ動かせない。

ぶうんと振られた腕はスローモーションで映り、そしてヘビー級のパンチを喰らったように俺の頭は揺さぶられ、ゴシャリとひしゃげる。

そこまでだ、まともに覚えていられたのは。

ぐらあっと斜めになってゆく視界は光さえも無い宵闇色に変わってゆき、キィーンという耳鳴りしか聞こえてこない。

それと弱々しい俺の呼吸と心臓の鼓動。

今にも消えてしまいそうなそんな音を、どこかで聞いたような気がする。

あれは、いつだったか？

ぼんやりとそう思いながら、俺の意識はずっとずっと昔の出来事に沈んでいった。


はっ、はっ、はっ、はっ……。

懸命に俺は走っていた。小さな手足を一生懸命に振っているけど、息が苦しくって、気ばかりが焦っていて、でもぜんぜん足が遅い。それがすごくもどかしい。

正面には入道雲があって、それに向けて俺は走っていた。

あぜ道で転んでも、買ってもらったばかりの白いワンピースが汚れても気にせずに。

家には車が何台も停まっていて、それを見るだけでぎゅっと心臓が痛くなる。いつもとまったく異なる家の光景が、とても不安にさせるんだ。

だけど戸口を通ろうとしたとき、どすんっと何かから抱き止められた。母だった。たくさんの涙を流し、俺の名を何度も呼んでくる。そんな悲痛な声を聞いたら、もうダメだった。ずっと泣かないようにしてたけど耐えられない。ぼろっと頬に涙を流しながら俺は喘ぐ。

「だめっ、入っちゃだめっ！」

「お父さん、お父さんっっ!!」

その母の肩の向こうに、寝室へ寝かされていた父がわずかに見えた。空手で鍛えたはずの逞しい身体が、なぜか今はまったく動いていない。

ハンガーにかけた紺色の制服。

うなだれる父の同僚たち。

しんとした静けさがそこにあって……もう俺は動けなかった。もう走れない。

ずるると身体を母に預けてゆき、両膝を床についた。


——静華、立て。


そう脳裏に響いても無理だ、もう。

お父さんからそう言われたって、もう無理なんだよう。俺を馬鹿にする奴らに負けてたまるかって、ずっと頑張ったんだ。絶対に折れてなんかやるもんかって。あいつら全員に勝ってやるぞって。

今はもう亡き父は、大きな拳を見せてきた。

泣きじゃくる俺に向け、雄々しい拳を。

これは合図だ。俺たちでいつもやっていた合図だ。拳を突き合わせ、もっともっと頑張れるという俺の返事を待っている。

できっこないじゃんって言いたいよ。

勝てるわけがないんだよ。だってあんな奴なんて見たことないし、俺以外皆死んじゃったじゃん。柄にもなく必死にやったのに誰も助けに来ないんだ。

『だからお前が助けたのだろう？』

それは頭がジンとしびれるくらい懐かしい声だった。もうずっと前から聞きたかった声を聞けて、俺は不覚にも本当の涙を流す。悔しくて悔しくて仕方のない感情は引っ込んで、大好きだったお父さんで視界は一杯になった。

『しっかり友達を助けた。だから今度はお前を救う番だ。やってしまえ、静華。思い切りだ』

ほんとにさぁ、他の人ならともかくさ、お父さんに言われたらやるっきゃないじゃん。バーカ、分かれよそんぐらい！

べえっと舌を出し、泣きべそを止め、そして俺も拳を合わす。

これは俺たちだけで使っていた合図で、母からは変な目で見られていたものだ。確かに意味なんて分からないだろう。もっともっと頑張れる、どんな奴だろうと正面から打ち勝ってやるって意味があるなんて、きっと俺たちにしか分からない。

だけどさ、笑っちゃうんだ。

こんなときだけお父さんは優しく笑うんだ。

どこの鬼だっつー話だよ、マジでさ。

涙でいっぱいの瞳でも、にひっと俺は子供みたいに笑い返してやったぜ。

ツキィ――……ンッッッ！

その強烈な耳鳴りに戸惑った。それから斜めに傾いでゆく白黒の視界と、牙だらけの口内を見せた化け物に驚かされる。

なんだこりゃ。どうなってやがんだ。

ああ、意識が飛んでたのか。そうだ、まずいのを頭に喰らって……相変わらず視界はグラグラしてるけどさ、その余裕面だけはどうにも我慢ならない。ふつふつと怒りが込み上げて、再び獰猛な顔つきになってゆくのを俺は感じる。

だらんと力が抜けた腕を懸命に動かす。奇跡的に指先へぶら下がっていた剣を、かすかな黒炎をあげながらゆるゆると持ち上げてゆく。

やがて口内へぴたりと照準を合わせると、そのトリガーを引き絞った。

まったくの無音のなか、剣先から炎の塊のような弾丸《バレット》が連続射出されてゆく。ガリガリと火花を剣の背に散らし、俺の獣のような瞳孔を染めあげる。2発、3発、4発目は弾切れのカチンという音を響かせた。

タイミングとしてもどんぴしゃだ。

溶解液を吐き出そうとした喉を打ち抜き、逆流を誘ったのだから。

じゅおおお――ッ！　と内側から溶け出す白煙に、魔物ははっきりと苦悶の表情を見せた。

そういやこの世界に馴染むための段階を無視したっつってたか？　分からんが、自分の溶解液に灼《や》かれてんのはそのせいかもな。喉を押さえてゲエゲエと吐き出そうとしているのは……間抜けすぎて笑えるわ。

途端にどっと音や色彩が戻ってきて、俺はもう決して倒れないようアスファルトに踏ん張る。

それから鉄の味だらけの口を、にやぁーと底意地の悪い笑みに変えた。

「うけけ、今のは会心の一撃《クリティカルヒット》ってやつだぜ」

涙さえ蒸発するような表情で、傾いだままの身体であろうと気にもせず、たんっと地面を蹴って曲線を描く。周囲の景色がブレるほどの速度で。

いまどんな気持ち？　ねえねえ。

そんな突っ込みをするように、大量の煙を吐きだしている魔物へと迫ってゆく。

チャッチャッと剣先を小刻みに揺らしながら、まずは一刀、切っ先を膝の裏側へと向ける。一瞬だけでも寝ていたせいか、意識はひどく鮮明だ。それは刃にも伝わり、鮮やかにスッと腱を断ち切った。

――ゲエエアーッッ！

ぶんと振られた腕は迫力たっぷりだけどさあ、大して見ずに「あっち行け！」って感じだったし軽く拍子抜けしたかなぁ。もうちっと戦いってやつを学んできたらどう？

ずばんとカウンターぎみに脇の下へ切れ込みを入れると、遅れて真っ黒いタールみたいな血が出てくる。それを一滴も浴びず、俺は独楽《こま》のように回転をしていた。狙うはもちろん逆側の膝だ。

ざくっ、ざくざくっと小気味よい音を立てて、魔物の膝はズタボロの雑巾みたいになる。痙攣気味にそいつは震えて、今度は反撃もできない様子だった。残念、手を出してきたらまたカウンターを狙ったのにさあ。

はぁ――、頭スッキリしてるぅ――。なんだこれ、覚醒ってやつ？　ちょっと違うよね。分かってる。ただ俺がブッ飛んでるだけさ。だけど視野が広い。指先までの感覚が鋭い。これまで知らなかった世界だ。ここは、この場所は。

内側がだいぶ溶けていたのだろう。返す刀で胸部に斜めの切れ込みを入れると、どぼっと液体が飛び出てくる。それがまた魔物の全身を焼いて、ギズモは絶叫をした。

——キャ——アアアアアッッ！

「きゃあきゃあうっせえぞ、ボケがあ！」

どしんと奴が膝をつくと、ちょうど俺と同じ背丈になった。

よう、こんにちは。ようやくご挨拶ができそうかな？　だけどちょっとまだ頭が高いのは無礼だって教えてやりてえな。虫は虫らしく、だろ？

きっとそいつも弾丸《バレット》を吐き出したかったのだろう。だけど俺だって喧嘩慣れしてんだよ。顎に飛び膝蹴りをかますと、口内から「ズバババッ！」と痛そうな振動が響く。

おほっ、痛そうー。ごめんね、オゲエエだなんて悲鳴につい笑っちゃって。でもモンスターが両手で顔面を押さえてる姿とかさあ、失笑しない奴なんていないって。分かんだろ、そんくらい。

「なあ、どうなると思う？」

そう問いかけると片膝立ちをしたそいつは、顔をこちらへ向けてくる。いくつも目があるし、たぶん虫とか苦手な奴はゾッとする光景だろうけどさ、俺にとっては滑稽だったね。にやぁーっと笑った俺の顔がたくさん映ってんだもん。

「近代兵器って奴がさ、まだ有効だって聞いたんだ。至近距離で喰らったらどうなると思う？」

何を言っているのか分からない、という顔をされた。

その複眼が、ぱんという音と共に弾ける。パウパウパウとその破裂音は続き、こらえきれずドッと頭部から焼けた鉄みたいな体液が溢れてく。

——ギャオオオオオオオ——ッッ!!

おー、効いてる効いてる。やっぱ銃つよいわー。

などと笑いかけると、そこにいた雨竜はこちらへ一瞥もくれずに拳銃を連射していた。

弾切れになっても戸惑うことなく、ジャッと弾倉を交換するとかさ、こんなOLって世の中にはいるんですね、とか思っちゃう。こいつを採用した人事の連中、ほんとに大丈夫なのかよ。

「どっかで習ったの？」

「グアムへ行ったときに」

これだよ。苦笑い以外の顔なんてできねーだろ？　それに雨竜のことだから水着でビーチになんて行かなかったぞ。だって転がっている機動隊の銃を拾うような女だからな。

拳銃を手にし、様子をずっと伺っていたのは知っていた。あのお嬢様ときたら、溶けた機動隊を気にもしないんだもんなぁ。どうなってんだよ、おまえの状況判断。お互いにぶっ壊れてんじゃねーのか？

魔物も必死に手でかばってるけどさ、その指と指のあいだを打ち抜くのって技能《スキル》じゃないんだよね？　だんだん悲鳴も弱々しくなってきたし、もうすぐ死んじゃうんじゃ……。

「こらこら、ふざけんな。とどめは俺が刺すに決まってんだろが！　灼熱剣《レッドロータス》、それからオラトリオおおッ！」

ボウッと豪炎をあげ、奴の首は一文字に割《さ》ける。

濁った目玉はもう命を散らしたいのだろう。オーケェィ、とびっきりに派手で格好良い死に様ってやつを演出してやるからなあ。

両腕が、そして両脚が引き裂かれる。もちろん俺はノリノリで、覚えたての剣術って奴をハイになるほど楽しんでいた。

だってそうだろ？　ずっと俺のことを見下してた奴が、今はもう俺しか見ていない。呆然とこっちを見つめている姿こそ、サイッコーに眺めたかった表情だったんだ。土下座もさせたかったし、いっぱい絶望を味わわせてやりたかった。だから俺は夏休みを迎えたばかりの学生みたいな笑みを浮かべる。

「ばいばい、ギズモの親玉。もう俺の縄張りなんかに来るんじゃねーぞ」

そう笑いかけてから、俺は燃えカスのような頭部を輪切りにした。

瞬間、ドッと弾けた奴の生命力と、一帯を暴れまわる突風。気がつけば俺は剣を構えて風に耐えていたが……ちょっとばかり派手すぎるポーズだな、こりゃ。

視界の端にパンツ丸出しでごろごろ転がってゆく雨竜が見えたけど、それは後で謝ろう。

すううと息を吸い、そして吐く。

すると先ほどとは一転して静寂そのもの世界が待っていた。

《超格上に勝利することでチャレンジが成功しました。ポイントと経験値、ドロップ品に大

いなるボーナスが与えられます》

《後藤のレベルが8に上昇しました！》

《後藤のレベルが9に上昇しました！》

《後藤のレベルが……》

立て続けに流れるレベルアップの案内は、まるで映画の幕切れを迎えたようだなと俺は思う。

いやまったくね、信じられないよ。あれだけ死にかけたのに勝っちゃうなんてさ。どんだけ俺のことを舐めてたんだろうな、あのバカでアホな魔物は。

いつの間に晴れていたのか見上げれば目にも眩しい青空と、ヘリコプターで何やら喚いているマスコミどもが見える。血が足りなさすぎて地面に座り込むと、どこにいたのかこちらへ駆けてくる警察や刑事たちの姿もあった。

「んー、今日はもう疲れたし、残りの地域は西岡さんたちに頑張ってもらおっかなぁ」

そう漏らしてから腰にぶら下げていたスマホを手に取る。そこには『通話中』と表示されており、やや遅れて「任せろ」という力強い返事が聞こえてきた。

ったく、こういうときだけは格好つけたがるなぁ、などと俺は通話をオフにしながらひっそりと笑う。まあよろしく頼みますよ、刑事課の皆さん。

「おっと、忘れてた。こいつばかりは素材を回収しときたい。素材収集《コレクト》

《チャレンジ成功により、レアアイテム、高密度な闇礫の魔核《ハイグレードコア》の獲得に成功しました。これ

は武器、あるいは鎧にのみ加工できます》

そんな案内が聞こえてきて、「はい？」と、俺は目を丸くした。

ええ――っ、鎧？　いままでずっと生産リストに入らなかったけど、鎧はレアドロップ限定だったの!?　いやぁ――、でも武器もさ、武器もすっごく気になるよね！　だって今より絶対に性能がいいじゃん！　ぐううっ、ギズモ関連はどれもかっちょいいから悩んじゃうよお！

んああ――っ！　やだやだ、もう1個欲しい！

そうやって地面で身もだえていると、かつりと靴音を立てて近づく女性に気づく。はためくスカートを雨竜は気にもせず、にこりと笑いかけてきた。

うーん、悪くない。実に気分爽快だ。命がけで頑張った甲斐があったってもんだよ。

分からないけどさ、これから魔物だらけになるとしても、それなりに楽しめそうな気がしない？　そんなことを思うのはきっと俺くらいだろうけどさ、このときはとても清々しかったし、すごく誇らしかったんだ。

んー、とりあえず今夜は近くの焼鳥屋でビールでも楽しもうかね。

勝手にそう決定をし、雨竜から伸ばされた手を掴んで俺は立ち上がる。

そうそう、空に広がった青空は、あの子供のころに見たように鮮やかな色をしていたよ。

RESULT

# 後《ご》藤《とう》静《しず》華《か》

| | |
|---|---|
| レベル | 7➡11 |
| 職業《ジョブ》 | 鍛冶士《ブラックスミス》LV3➡<br>鍛冶士《ブラックスミス》LV3、剣術士《ソードマン》LV4 |
| HP | 40➡88 |
| MP | 13➡21 |
| 攻撃力 | 73(7)➡78(12) |
| AC | 20(7)➡24(11) |
| MC | 0➡0 |

※カッコ内は武器防具の補正値なしの数値と剣術士《ソードマン》の補正値。
※AC=アーマークラス。対物理耐性。※MC=マジッククラス。対魔術耐性。

## 職業《ジョブ》

**剣術士《ソードマン》**

**【専門スキル】**

剣技《ソードアーツ》LV10

オラトリオ=連續攻撃のたびに加速する

灼熱剣《レッドロータス》=黒炎が燃え盛り、継続的なダメージを与える

闘術：盾LV8　闘術：受け流しLV12　闘術：回避LV14

**鍛冶士《ブラックスミス》**

**【専門スキル】**

魔石加工 LV7

生産LV7：剣、斧、盾、兜、弓、鎧　※下級に限定

## 技能《スキル》

**【継続治癒《リジェネレーション》　LV6】**

手で触れた傷を継続的に癒す。他者への治癒効果は半減する。回復量は、使用者のHP数値により変化する。12時間で再使用《リキャスト》可。

**【俊足《ヘイスト》　LV8】**

通常時よりも早く移動できる。レベル上昇により、速度、歩数の向上が可能。

**【素材収集《コレクト》　LV8】**

倒した魔物から素材を得る場合がある。レベル上昇により、高レベルの魔物からの素材獲得も可能。

## 補正技能《スキル》

**暗視 LV9　ストレス耐性 LV3**
**恐怖耐性 LV7　痛覚耐性 LV3　隠密《ハイド》 LV2**

## 称号

**【挑戦する者《チャレンジャー》】**

格上を相手に勝利した場合、ポイント、経験値、ドロップ品を多く獲得できる。

**【野性の直感《ワイルドスター》】**

ここぞという時に実力を発揮する。

**【無慈悲な狙撃手《スナイパー》】**

相手から発見されていないときに、ダメージボーナスが発生する。

# 「エピローグ」

とっぷりと暮れた飲み屋通りに、ぽつんと夜道を照らす提灯《ちょうちん》がある。

だいぶ遅い時間なのか、その一軒を残して他は全て消灯していた。通りを歩いているのは
スーツ姿の彼、若林くらいで、あとは新聞配達をしている原付が遠くに走っているくらいか。

「ああ、疲れた。今すぐに帰って寝たい」

目の下にはべったりとクマがあり、ため息と一緒に漏らした声は今にも消え入りそうだった。

それもそのはず、彼はモンスターが東京で暴れ回るという信じがたい一日を過ごし、長い長い調書をようやく提出し終えた人物だ。未曽有の事態なのでだいぶ簡略化しているため、明日
――いや、あと数時間後か――には再度見直さなければならない。

そのような状況なのでゆるめたネクタイを締め直しもせず、皺だらけのスーツで通りを歩いてゆく。そしてふらふらと提灯の明かりに吸い寄せられて、その戸に指をかけた。

「お――、お疲れ、ゆとり君！」

からりと開いてすぐに、カウンター席の後藤がにこやかに笑いかけてきた。

普段なら姿勢正しく挨拶をするところだが、今日の若林は力無いへらっとした笑みを返すので精いっぱいだ。何しろ同僚である刑事たちまで席についており、美味しそうに酒や鶏肉を頬

張っているのだから彼がこんな情けない表情をするのは仕方ない。

その彼女の向こう側から、ひょいと黒髪を揺らして顔を覗かせる人物がいる。雨竜という者で、後藤とは元同僚の仲らしい。

てっきりねぎらってくれるかと思いきや、彼女の第一声は冷たいものだった。

「若林さん、頼んでいた新聞は持ってきてくれましたか？」

「はあ、ええ、何紙か買いましたけど、まさかこのために僕を呼んだわけじゃないですよね？」

彼にしては珍しく「ぎろり」という擬音が似合うほどの表情をした。しかしこの面子では誰もがまったく気にもせず、それどころか寄越せ寄越せといくつも手を伸ばしてくる。

いや、たった一人だけいた。彼の上司であり、これまでお世話になっている西岡というとても情に厚い者が。

悪漢になど決して負けないような身体をしており、ぎしっと椅子から立ち上がると「良くやったな」と言うような笑顔で「俺にもくれ」と手を伸ばされて……若林の肩がぐんにゃりと落ちる。

やがてカウンターに広げられる何紙もの新聞を眺め、彼らは一斉に呻く。

「へえ、見出しは『モンスター撃破』か。あいつらも随分と派手に書いたな」

「数誌が同じタイトルなので、たぶん公安も働きかけてるでしょう。つまりは隠せるような事態ではないし、むしろ市民への呼びかけが必要だと認めた。となると基本的には私たちの訴えを信じてくれたのか、それとも頼れる先が私たちしかいなかったのか」

仏頂面の西岡と、どこか事態を楽しんでいるような薄木の表情に、若者はとぼとぼとした足取りで一番端っこの席に腰かけた。待っていたのは空っぽのお通しと使い終えている皺だらけのおしぼりだ。もう泣きそうだよ、という表情さえ誰も見てくれない。

と、ビールグラスを片手に薄木の指先が伸ばされる。

「後藤さん、うちの若林が元気無いみたいだから、さっきの言葉を伝えてもらえません？」

もぐんと焼鳥を頬張っていた彼女は、勝気そうな瞳を向けてくる。もちろん穴だらけだった衣服は着替えを終えており、いまは傷跡のひとつも無い。

激戦の影響なのか健康的な顔色を取り戻すまでに、彼女は信じられないほどの量を食べた。これまでに何件か梯子《はしご》をしたレシートの金額は、もはや突っ込みをする気にもならないほどだ。

新しいおしぼりで唇をぬぐった彼女は、肩肘をついて若林に声をかけた。

「ゆとり君、今日の出現予測情報を伝えるから、ノートパソコンを開いてくんない？」

ぎくりと身体をこわばらせるのが誰の目からも分かる。それくらい大変な一日だったのだ。

市民の避難誘導をようやく終えて夜間を迎えると、次々と予測通りの場所と時刻に魔物が生まれた。無論、銃器を扱うのは警官らの命を脅かされたときに限定されているため思うように退治などできない。結果として先日の夜に練った作戦の通り「パトカーの体当たり」が基本的な戦術となったのだから、破損した車両数は数えきれない。

必死の対応が功を奏したのか……いや、あれで死亡者が出なかったのは奇跡だったのだ。しかしこれからはそうも行かないだろうと分かっている。だから彼は、ゆるゆると息を吐きながら、緩慢な動きでノートパソコンを開く。

すると後藤はピースサインを彼に向ける。にやっとした底意地の悪い笑みと共に。

「早く言ってください。心の準備はできました」

「だから伝えてんだろ。2件だよ、2件。おおかた俺がブッ飛ばしたせいで雑魚どもがビビって出て来れないんじゃないか？」

「先輩の暴れっぷりはまるでゴリラみたいでしたからね」

「うるっせえな雨竜！　命の恩人らしく俺にもっと優しくしろ！」

きょとーん、と目をしばたかせた彼の肩がバンバン叩かれる。隣に座る同僚らのものであり、大きな山を越えたのだと安堵を誘うものだった。

無論、あれで終わりなどとは思っていない。それは後藤のみならず、周囲の者らも同様の想いだ。そもそも、なぜあのような事件が起きているのかさえ、誰にも分かっていないのだから。

しかし今夜ばかりは若者の心労もやわらいだ。どっとカウンターへうつ伏せになり、それから安堵の息を漏らす。そんな仕草を笑うような余裕が彼らには生まれていた。

そんなときに黙々と新聞を読んでいた雨竜が、はたと何かに気がついた。それから大きめの瞳を隣に向けると、くいっと彼女の袖を引く。

「先輩、写ってます」

「は？　なんだって？」

赤い顔を返すと、そこには紙面に指を向ける姿がある。ほら、と指し示されるそこには、画質は悪いものの剣を手に戦う後藤らしき姿があった。

「へえ、ついに俺も新聞に載っちゃったかー。騒々しいのは嫌だけど、まあこれくらいなら顔も分からないし平気か。黒煙と土埃のおかげで助かったかもしれないな」

などと笑みを浮かべる余裕さえあった。このときまでは。

直後、ようやくカウンターから身体を起こした若林が話しかけてきた。

「え、まさか後藤さん知らないんですか？」

「なにが？　知らないってこの写真のこと？」

「いえ、それが……参ったな、てっきり誰かが伝えていると思ったのに。ほら、マスコミの写真なんかじゃなくって、こっちですよ」

ずいと向けられたのは、先ほどのノートパソコンだ。映し出されているのはどこかの動画サイトであり、やや遠巻きな映像ながらも剣を振り回して魔物と戦い合うという……。

ん——、と覗き込む後藤の顔が、くわっと険しいものに変わった。

「あ——っ、なんだよこれ！　バッチリ映ってんじゃんっ！」

「渋谷の駅前は定点カメラが24時間作動していて、いつでも公開をしているって知らなかったんですか？　あんな場所で大立ち回りをしたら、そりゃあ再生数だってケタが異常に跳ね上がりますよ。世間はモンスターなんて初めて見るんですから。あ、ほら、コメントだってほとんど海外からのものですね」

クレイジーとかアメイジングとかサムライとか意味の分からないコメントが山ほど付いており、今も再生数が異常な速さで回っている。朝方を迎えるようなこんな時間帯だというのに。

若林に代わって、今度は後藤が「ヤダ――」と叫びながらカウンターに突っ伏す番だった。

無論、彼女のそんな姿は刑事らの笑いを誘うことになり、深夜の居酒屋にも関わらず賑やかな声が響き渡った。

# 番外編　サバイバル

ドロロと排気音を響かせて、ゆるやかな傾斜を単車でひた走ってゆく。

頬に当たる風はさほど冷たくない。下ろしたての革のグローブもなかなか良い感触だ。

アクセルを捻ると力強く応えてくれて、それがちょっと嬉しくてニヤッと俺は笑う。

辺りは陽もあまり届かない林道で、車1台が通れるくらいの細道だ。すぐ下を通っている川沿いの道よりも遠回りなのであんまり使う人はいない。だけど独占している感じがして、ちょっとだけ楽しいんだよね。

標識や車などのゴミゴミしたものが少ないと、夢想をして遊ぶ余裕も出てくる。例えば松ぼっくりの落ちているこの道のこととかをさ。

アスファルトで舗装されてはいても、それは昔の人が作った道をなぞっただけだ。ずーっと昔の人もほとんど同じ景色のなかを歩いて、木を切ったり狩りに精を出したりしていたんじゃないかな。あるいは俺と同じようにもっと昔の景色を思い浮かべていたのかも。

いくら雨の多い国だからって地形はそこまで大きく変わらない。現代になってスマホとかそういう技術はたくさん進化したけど、移動手段としては車やバイク、それから飛行機とかを発明していたのがピークで、以降、ぱったりと大きな変化は無くなってしまった。だけどここに来て、変化が訪れているのを俺は感じ始めている。

それはモンスター、そして未知の素材というまったく意味の分からない代物だ。考えてもみてよ。これが何かという問いかけに誰も答えられないんだぞ。そんなの学者でも一般人でも気になるに決まってるじゃん。

人間は変化というものにアホかってくらい貪欲で、知らないものを根本まで理解したがる生物だと思う。渋谷でのモンスター騒ぎ以降、そんな人間としての熱意……と呼んで良いのかな。まあ、そういう底力的なものを俺は感じ取っている。

初めて見るものってのは、どんな相手でも好奇心が上回る。

深海に生息するビロビロした光る魚を見たときと一緒だ。

もちろん危険が迫っていたら好奇心どころじゃないけどさ。いや、案外と命の危機を感じるような相手だからこそ、国内外を問わず注目してしまうのかもしれない。

例えばネットなどではおびただしいほどの文字数で各々の考えをぶつけ合っているし、国は国で研究所に魔物調査をさせているらしい。おっと、これはゆとり君から聞き出した極秘情報だから内緒だぞ。

へえと感心をして俺としても最初は掲示板を見てたけど、だんだん面倒くさくなって放っておくことにした。だってあいつらアホだからさ、すぐにおっぱいとか筋肉大好物ですとか言うし、そんなの構ってらんないじゃん。

というわけで俺は軍用バイクと共にツーリングへ出かけてきたわけだ。わーははは。

どるどるとエンジンの振動を感じながら、葉っぱとか虫とかの匂いを感じて走れる時間はやっぱり楽しいね。などと思っていたらゴンという衝撃が後頭部に響く。

「先輩、いつ着くんですか？」

なんだよこいつ、俺の楽しい時間を邪魔しやがって。そうやって定期的に現実へ引き戻そうとするのはやめてくれないっスかね。

「うるさいなぁ、せっかく遠回りをして林道の景色を楽しんでたのに」

ぼそっと呟いただけだし、風と単車の音で聞こえないとばかり思っていた。だけどしがみつかれた腕からギュウと絞めあげられて、やっぱりこいつは非力だし、おっぱいも小さいなと俺は思う。この俺に悲鳴を上げさせたいなら、最低限リンゴを握りつぶせるようにならないと。

樹木の覆いが途絶えると、気持ちの良い青空が待っている。

運転を楽しめるのが俺の特権であり、景色を楽しめるのが同乗者の特権だ。

雨竜はしばし周囲を眺めて、そして俺はオンッとアクセルを吹かして一気に峠を駆けあがる。

重さとしては計百キロちょっと。俺と後輩、それからキャンプ用の道具を積んだりリュックを背負わせているのでそれなりに重い。だけど軍用車は過酷な走りにめげもせず、なだらかにぐねぐねと曲がった下り道を突き進む。

一面の景色が広がるこの峠からの眺めを俺は気に入っている。わあーという歓声が背中から聞こえてきたら尚更嬉しくなるし、もちろん俺だって「ヒャッハー」って大きな声で言うさ。だってわざわざ都会から遊びに来たんだし。

ここは都内にある奥多摩町へ向かう道だ。たくさんの道具をネットで買ったは良いものの、モンスターどもが闊歩して文明が消え去るのはまだ先のことらしい。というよりも力ずくで俺が倒しちゃったんだから仕方ないよ。あいつらムカつくし、ブっ殺したくなっちゃったんだもん。

そうそう、問題の動画の件もあったな。たくさんの黒煙と遠距離からの定点カメラのおかげで顔バレとまではいかなかったものの、世界各地に俺の姿がどんどん拡散されてしまった。映画じゃなくて現実に大きな魔物と戦う光景なんて他で見ないだろうし、巷ではちょっとした騒ぎになっている。のんびりと朽ちた東京でサバイバル生活をしようと思っていたのに、なんてボヤいてしまうよ。

だけど思わぬ副産物もあった。

それは刑事課どもの目覚ましい成長だ。元から元気一杯なあいつらは、昼は公安連中と情報交換をして連携を強化し、夜は地域課の連中とも共同で働いている。

けど、ちょっとやりすぎたんだろうな。俺から渡している出現予測の情報と彼らのやる気が組み合わさって、ついには公安から「専属でモンスター対応をしろ」と言われてしまった。そのせいで、泣く泣く刑事の仕事を後任に引き継ぐハメになった。

ばっかだなーと思うよ。なんでそんなにやる気を出しているんだってな。でもそのおかげで魔物退治の肩の荷はだいぶ軽くなったし、そのせいで出現数の少ない日は、こうして遊びに行くこともできるようになった。その点ではたくさん感謝しちゃうかな。面と向かってお礼を言うのはちょっと恥ずかしいけどさ。

そういうわけで楽しい終末生活を迎えるのはもうちょっと先までのお預けとなり、今のうちに練習をしておこうと思ったわけだ。事前に魔物の出現予測をして大丈夫そうな日にな。

え、何の練習かって？　そりゃあもちろん世界文明が滅んだとしても、鼻歌をふんふん口ずさみながら一人でも気ままに楽しく暮らす練習をだよ。

言っておくがこれはキャンプなんて浮ついたものなんかじゃない。生きるか死ぬか。大自然だけでなく対人や対モンスターまで考えた真面目なものなんだ。

などとギラリと瞳を輝かせたときに、背後から声が響いた。

「大変です、先輩！」

「どうしたんだ、雨竜！」

「スマホの電源が切れそうで困っています。途中にコンビニがあったら充電器を買いますので寄ってください」

もおー、だからぁー、そういうのは駄目なの！　俺の知っている終末にはコンセントなんて無いし、当たり前だけど電気だって無いの。もっとちゃんとなりきって遊ぼうよ。髪をモヒカンにしたりさあ。

え、単車のガソリンはどうなんだって？　知らないよ、そんなの。たぶんそこらに転がっている車にたくさん入ってるんじゃない？　ホースの片方に口をつけて吹いたり吸ったりしたら勝手に出てくるんでしょ。知ってる知ってる。テレビで見たもん。

などと下らないやりとりをしながら、青く澄んだ河原へと俺の軍用バイクはひた走った。


ばしゃっと冷たい川に素足で入る。

足の裏や指のあいだには、ぬるぬるの岩苔が触れてきてくすぐったい。

くー、ちべたいし気持ち良いっ！　川に入るなんて久しぶりだから、小学生みたいにはしゃいじゃうね。というか川が綺麗じゃーん。ちょっと青っぽい色をしているとかさ、やっぱり源流が近いと雰囲気が違うね。

ついさっき、単車から降りたら腰がパキッと鳴ったよ。たくさん走ったし、ずっと同じ姿勢だったからな。辺りはまったくの無人なので解放された感も半端ない。

「うへへー、魚もいるじゃーん」

ズボンをたくし上げてから、魚影を追うようにそのままザボザボと川に入っていく。少し上流には高架橋があって、余暇を楽しむ家族連れらしき車が走ってゆくのも見える。ここはちょっとした穴場だし、車じゃ入れない場所だから独占できるのも嬉しい。

んは——と深呼吸をひとつして、奥多摩の空気をまずは楽しんだ。ちょっと前にズタボロの穴だらけにされたけど、こうしてのんびり深呼吸ができるのは継続治癒《リジェネレーション》のおかげだな。

ひとしきり満足をして河原に戻ってゆくと、そこには作ったばかりのハンモックに寝ころぶ人物がいた。やっと大都会から離れたというのにスマホを手放そうとしない雨竜だ。

かちんと来るよ。働きもせずスマホにしか興味を示さない現代人ってやつにさ。まったく、こういう奴が終末を迎えたらあっという間に死ぬんだぜ。

「おいおい、雨竜ちゃんよ。そいつは俺の金で買ったやつだぞ。欲しかったらそのスマホで今すぐに注文をしたらどうだ？」

そう文句を言うと、爪先を揃えたサンダルの向こうから黒い瞳がちらりと向けられる。それから仕方なくという風に電源を切り、すっくと立ち上がった。

「先輩、これから何をするんですか？」

「そりゃあサバイバルなんだから、食うことと寝ることで終わるよ。他の人よりも長生きするって意味だからな。でも今回は最初だからテントは用意したし、食料もあるから残りは料理するだけだね。ほら、さっきスーパーで買ったやつ」

ぴっとテントの隣に指先を向けると、彼女はビニール袋を一瞥し、不思議そうに小首を傾げた。

「サバイバルと聞いていたので、てっきり釣りをしたり猟をするのかと思っていましたが……そうですか、じゃあ普通のキャンプと考えて良いのですね」

えっ、何を言ってるの？　今日はサバイバル道具を確かめる日だし、そこいらのお遊び気分のキャンプとはぜんぜん違うよ？　寝床を用意したり食事をしたり、ちょっと高めのウィスキーを飲んだりして、夜の8時には気持ち良く眠る感じ。

などと伝えると、はぁーあと呆れるような溜息をされてしまった。

「……分かりました、先輩の考えていることは。どちらにしろ火は必須でしょうから、メタルマッチの出番というわけですね」

「そうそう、良く知ってるね。あ、俺の部屋に来たとき、じっと眺めてたんだっけ」

こいつ変なところで知識欲が妙に高いから、そこいらにあるものどんどん読んじゃうんだよね。次から次へと本を読む小学生みたいな奴だ。

などと思いながら、近くで葉っぱをむしったり枝を取ったりしてから河原に戻る。火をつけるための岩場は確保したので、あとは新兵器であるメタルマッチの出番というわけさ。

こいつはロッドをこすりつけることで火花を出し、濡れても布で拭けばすぐに使えるという便利な道具である。もちろんライターのほうが便利だけどさ、こっちは何万回も使えるので長い放浪生活にさえも耐えてくれるはずだ。

使い方も簡単で……あれっ、火花が出ないぞ。擦ったらすぐにつくはずなのに。

「雨竜、ちょっと動画を流してくんない？　もう一回ちゃんと見たいんだけど」

「先ほどコンビニに寄らなかったので、もう電池がありません」

あ、そうー。でもちょっとくらい平気じゃない？　え、駄目？　スマホは駄目だって俺が言ったから？　雨竜ちゃんってそういうところが本当に冷たいね。

だけどしばらく繰り返していると、ばちちっと火花が出て俺は驚いた。闇礫の剣《バレットソード》で弾丸《バレット》を発射したときみたいな勢いだったし、思わず「おー」とはしゃいだ声が出る。すごいじゃん。

だけど問題はここからだった。

かしっ、かしっ、といくら擦っても火がつかない。

いや、ちゃんと火花は出るんだよ？　だけどぜんぜん燃え移らなくって、ちらっと白い煙が出るくらいですぐに消えちゃう。おまけに川のそばだから風が寒くって泣きそうになってきた。

ズズっと鼻を鳴らしながら、やるせない声で俺は呟く。

「まいったな、欠陥品を買わされちまったよ。血と汗と涙を流して稼いだ金だってのにさ」

「その血にはバーコード白髪……こほん、人事の方も含まれていそうですね」

キャンプを開始してからわずか小一時間で涙目である。

人がいないのも寂しく感じるけど、それ以上にじいっと見つめてくる瞳の冷たいこと冷たいこと。さっき浴びた川の水なんて比べ物にならないね。

「ふう。仕方がありません、次からはちゃんと予習をしてきてください」

「え？　あ、ちょっと？」

ひょいとメタルマッチを取り上げられてしまい、俺はぽかんとする。

返してと手を伸ばしたけれど雨竜は一歩ぶん遠ざかり、そのまま林に向けて歩いて行く。そして彼女は鬱蒼と茂る林に人さし指を向けた。

「ちゃんとした草や枝を集めましょう。でないといつまで経っても燃え移りません」

「へえ、良く知ってるな。さっきまでそういうのを調べてたの？」

どうやら先ほどまで雨竜はサバイバル……というよりキャンプの知識をスマホで吸収していたらしい。やっぱり知識ってのは大事だねと、先ほどまで嫌な顔をしていたことも忘れて俺は感心をした。

一緒に林を歩きながら雨竜は順番に説明をしてくれる。

「しばらく天気が落ちついていて良かったですね。火をつけるには乾いた枝が必要なんです。燃える時間の長さは太さによって変わりますので、色んなものを選びましょう」

そう言いながら、落ちていた大きな枝に彼女の手が伸ばされる。ちょうど良い薪を得たのは良いものの、少し重かったらしい。腕をプルプル震わせる様子を見かねて、今度は俺が手を伸ばす番だった。

「大きいのは俺が持つよ。ふーん、乾いた薪かぁ。じゃあ都内では同じようにはいかないな。こんな枝なんて無いしさ」

俺の言葉に不思議そうな顔をする後輩に、気にすんなと手を振った。都内でサバイバル生活をしようと考えているなんて、とてもじゃないけど言えないよ。

だけど来てみて良かったなと思うのは、こうして体験できることだ。実際にやってみないと身につかないものだろうしさ。

よいしょとそれっぽい枝を拾い、脇に集めてゆく。

こういうところは向き不向きなんだろうな。俺は力仕事はぜんぜん平気だし、荒れた道でも問題ない。だけど雨竜は見た目通りというか女子として非力だし、たまに足を取られて転びかけたりしている。

そんな髪の毛に葉っぱを乗せた雨竜へ笑いかける。

「あんまり運動とかしないの？」

「以前はしていましたが最近はあまり。お稽古もだいぶ休んでいます」

「へえ、どんな稽古？　そういや刀を持ってるとか言っていたから剣道かな」

小枝を片手に彼女は振り返ると、やはり無表情のまま頷く。

今日はバイク移動のためスカートではなくズボンを穿いており、形の良いお尻の形をより強調させている。しゃんとした背筋はきっと剣道で培われたものだろう。

だけど雨竜が剣道をしている姿をあんまり想像できない。ほら、あれって掛け声が少し変わってるじゃん。きええ、と叫んでいたりさ。だけど普段のこいつは物静かな感じだし、掛け声だって無気力に「めん」と言うくらいのほうが合っている気がする。

「面白そうだから、ちょっと剣道っぽく叫んでみてくれない？」

「嫌です。剣を持っていたら話は別ですが。そういえば先輩はこのあいだの黒い剣を持ってきているのですか？」

「うん、一応サイドバッグに入れてきたよ。さっきまで雨竜が踏んでた場所に」

ぞんざいな剣への扱いが気になったのか、片方の眉毛が跳ね上がる。だけど文句を言ったりはせずに「ふうん、そうですか」と彼女は独りごちた。

なんだろ、今の。含みがある感じ……などと思うが、ついでのように手渡された枝を抱えると、そんな疑問も消えてゆく。

そうしてだいぶ集め終えてから、先ほどの河原へ戻ることにした。

あ、薪割り用のロングアックスがあったのを覚えてる？　そうそう、ネット通販で買ったやつね。ついにあれの出番がやって来た……と思いきや、家に忘れてきちゃったんだよ。あはは。

「別に斧が無くても剣があれば足りるかなーと思ってさ。薪割りにも使えそうじゃん。あれ、どうしたの雨竜。眉間の皺がすごいことになってるけど」

「信じられない人を見ているときの目です。もしかして料理まで剣で済ます気ですか？」

「まさか。ちゃんと調理具を買ったし、その検品もしないと……って、あれ？　誰かいる？」

おかしいなと思うのは、男の話し声が聞こえてきたことだ。

ここの河原の近くには単車を置いてあるし、テント、それとハンモックも吊るしてある。河原は広いのだし、わざわざ割り込んでくる奴がいるだろうか。

などと不審に思いながら木陰からそっと覗くと、ちょっと良く分からんものが見えた。でっかい鉄板だ。幅一メートルくらいの大きさで、えっさほいさと男たちが運んでいる……けど、この人たち何やってんの？

俺の視線に気づいたのか、ひょいとこちらに男が顔を向けてきた。

「あ、後藤さん。なかなか良い穴場ですね。バーベキューにぴったりじゃないですか」

「へ？　ゆとり君？　なんでここにいんの？」

ぽかんとするのは俺だけで、周囲の奴らは「遅れてすみません」とか「充電器は持ってますか？」と、ごく普通に会話をしている。えーと、状況がちょっとよく分からないぞ。なんであの刑事どもは着々と椅子やら鉄板やらを配置してんだ。どこのお庭パーティーだっつーね。じゃなくってと、スマホに充電器を差し込んでいる雨竜の肩を叩く。するとごく平然とした顔を向けてきた。

「ええ、朝のうちに若林さんへ連絡をしておいたんです」

「うん、だからなんで？　俺、バーベキューのお誘いなんてしてたっけ？」

などと不機嫌そうな顔をして問いかける俺だったが、それに答えてくれるのは彼女じゃなかった。スーツの上着を脇に置いて、美味そうに煙草を吸っている西岡さんだ。

「なんでって……このすぐ近くに魔物の出現情報を出したのはおまえだろう？」

「へ？　え、あ、ホントだ！　なにこれ、スッゲー近いんだけど⁉」

空中に浮かび上がらせた地図情報を食い入るように眺めて、俺は悲鳴に近しい声をあげる。

もちろんそんな様子は不審の塊であり、雨竜と西岡さんは顔を見合わせて「大丈夫なのか？」「以前からこんな調子なんです」とひそひそ話し合っている。うるせえっスね——、お前ら。

だけどさあ、なんでなんで、どうして俺のオアシスに魔物が出るの？　意味が分からないし、あまりにも腹が立つから魔物を八つ裂きにしてやりたくなっちゃうじゃん。

「行先を聞いたとき、てっきり今日のお出かけは魔物退治のためなのかと思いました」

「しねーよ！　あ、だけどするわ。素材はいくらでも欲しいいし、何よりも俺のオアシスを狙うあいつらの曲がった性根が許せないんだ」

なら良かったじゃないかと西岡さんから笑いかけられたけど、なんとなくすっきりしない。

お休みの日に仕事の電話がかかってきたみたいでさ。

あーあ、誰かこの俺の気持ちを分かってくれないかなあ。もっとこう現代に現れたヒーローみたいな感じで、サインをねだられたりセレブと対談してみたいんだけど。

そんな下らないことを考えながら、今の自分の考えに「いや」と否定をする。そんなことは望んでいないし、たぶんやろうと思えば今ならできる。ただ正体を明かすだけで済むのだから。

そう、もはや一人で思い悩んでいた状況は終わった。

世間への魔物の説明とか面倒臭いことはぜんぶおっさんたちがやってくれる。

一癖も二癖もあって、でも皆気の良い奴らだ。このバーベキューのように、ちょっと俺が考えるだけで着々と準備が出来上がってゆく。そう考えるとこの一週間で怒涛《どとう》のように俺、そして周囲が変わったのだと気づく。

ふうん、なら構わないかな。ちょっとくらい騒々しいサバイバルになっても、別にさ。

そう思いながら空を見上げると、優しい木漏れ日が降りそそいでいた。


やぐらのように組んだ薪に向けて、メタルマッチをこすり合わせる。バジジと火花を散らしたそれは、たったの一擦りで燃え移って、火は枝を舐めるように広がってゆく。

ライターも使わずに慣れた手つきで火をつけた様子に、おおお——と男たちは感心の声を漏らしていた。まだ肉も焼いてないってのに、缶ビールを開けている連中までいるのは刑事としてどうなの？

「へぇ、メタルマッチかぁ。そこの単車もそうですけど、サバイバルにも慣れた逞しい女性というのは格好良いですね」

「ふふん。俺くらいの上級者になると、こんな何もないところでも気ままに過ごせるんだぜ」

得意げな顔をすると、熱せられてゆく鉄板の向こうで刑事たちが拍手をする。まったく、男ってのはこんな小道具を見せられただけで簡単にコロッだよ。ただ、俺にも触らせてくれと手を伸ばす連中のなかでただ一人だけ、何かを言いたそうな人物がいた。雨竜である。

——頼む。今は黙っていてくれ。後生だ。

そんな俺の必死な願いが通じたのか、こっくりと後輩は頷く。

そしてスマホで何やら操作をすると、今度は俺の上着がブルルと振動をした。

なになに、メッセージ？　スマホなんてほとんどゲームにしか使わないから、それ以外の機能なんて大して知らないんだよね。

などと思いながらボタンをぽちっと押すと、眩暈を起こすほどひどい動画が再生された。

『先ほどの先輩の姿をスマホで撮影しておきました』

ちょっと待って。なんでそんなひどいことをすんの？　あれだけ残り少ないと嘆いていた電池を、どうしてそれで消費しようと思ったの？　え、なにその笑顔。お前の笑顔なんてこれまでに2回くらいしか見たこと無いのに、どうしてここで披露すんの？

なんて悲しい顔をしていたら雨竜は急にお腹を押さえ、身体を「く」の字にして苦しそうにくつくつと笑う。

それは俺から見てもちょっとだけ不器用な笑い方だったし、たぶん人前で笑い慣れていないんじゃないかな。自分でも驚いたような表情をして、顔を隠してしゃがみこんでしまう。

周りの連中は不思議そうに彼女を眺めているけれど、これは女同士の内緒話だから深く詮索しちゃ駄目なんだぜ。

熱した鉄板に上等な肉や野菜を乗せてゆくと、しゅわーっと白い煙が立ちはじめる。

長旅を終えた者たちには、美味しい食事が約束されているもんだ。そんなのは江戸時代からずっと続いている文化だし、もちろん俺だってプルタブをパキッと開けるさ。

本格サバイバルをして遊ぶという予定からは随分と変わっちゃったけど、蓋を開けてみたら最初に予定をしていたよりずっと美味しそうな食事がある。そして俺と同様に缶ビールを持った連中も、休日らしい笑みを浮かべている。

だったらこっちも乾杯の音頭を取るしか無いじゃん。

「じゃ、これからモンスターがたくさん出てきて大変だけど、皆頑張ってね。乾杯！」

おいおい、他人事かよという盛大な突っ込みを受けながら、ゴッゴッゴッと喉を潤してゆく。

かーっ、んまいっ！　たくさん走ったし、大自然の景色、それとお肉の匂いを嗅ぎながら飲むビールがすごく美味しいっ！

遅れて缶ビールを連中とがちゃがちゃぶつけあい、そしてゆとり君も大きなお肉を鉄板に乗せ始め……えっ、なにそのお肉、なんで霜が降ってるの？

こう見えて俺の視力はかなり良い。え、見た目通りだって？　野生の動物みたい？　うるせえな、悪いよりも良いほうがお得じゃねーかよ！

んでだ、じ――っとパックを見つめるとだな「A5」とかラベルに書いてあるんだよ。思わずブウッとビールを吹き出したね。

「ちょっ、ちょっ、ゆとり君。それ違うから。そこいらの河原で焼いて良いお肉じゃないから。待て待て、引っ込めるんじゃねーよ！　その調子でどんどん焼いてくださいよっ！」

おなしゃすと両手で紙皿を差し出すのは仕方ない。だってお肉界における最強のＡ５等級だぞ。年末年始に食えるかどうかも分からないお肉様なんだ。ここで遠慮をするような奴は、これから待っている過酷なサバイバルでは生き残れないのだ。間違いない。

しゃがみこんで両手で頬杖をしている俺の前で、塩を振っただけの美味しそうなお肉が焼かれてゆく。白い脂身が溶け始め、ぷつぷつと泡状になってゆく。

こんなの見ているだけで口のなかに唾液が溜まってゆくし、お腹は勝手に「ぐう」と鳴る。

お皿に乗せられたものを受け取るだけで指が震えちゃう。

あんっと口を大きく開けて、噛みしめたときなんて……んああ――っ！　じゅわって旨味たっぷりの脂が勝手に染み出してくるよお！　待って待って、いま俺が裸になって銀河を漂うような絵が見えたんだけど！

「先輩、先輩、猫みたいな顔になってます。目が線ですよ」

「んんん〜〜〜っ！　うるしゃいなあ」

「記念撮影をしましょう。はい、ピース」

どうして美味しいものを食べると笑顔になっちゃうんだろうな。そして、こういうときってどうして言われたことを素直に聞いてしまうのだろう。

んぐんぐと頬張りながら、お箸を持っているほうの指でピースをしたときに、シャッター音が周囲に響く。それは俺と雨竜だけじゃなくって、むさくるしい刑事たちまで写るものだった。

笑えるくらい予定が変わっちゃったけどさ、まあこういうのも悪くはない。

知らないけれど、もしモンスターが押し寄せてきても、世界に本当の終末が訪れたとしても、俺たちはこういうふうに気ままに楽しく過ごすんじゃないかなあ。

ちょっと願望も混じっているけど、なぜかそんな気がしたんだ。

ほら、そう考えるとちょっと楽しみじゃない？　衣食住以外の仕事は何もしないで、皆で楽しく暮らす終末生活ってやつがさ。

などと酒の酔いを楽しみながら、ふうとため息をつく。

見上げれば、深まる秋を感じさせる山の景色がそこにあった。

あとがき

こんにちは、まきしま鈴木です。本作を手に取っていただいてありがとうございます。

本作で2シリーズ目の書籍となり、また初のアクション物となっております。私が好きなジャンルは、恋愛、コメディ、アクションで、現代よりもファンタジー世界のお話を好みます。剣と魔法、そして異種族との出会いに胸をときめかせる気持ちは昔から変わらないように思います。いつか骨太なファンタジーを書きたいというのは私のささやかな野望です。

本作では、剣を手にして自転車やバイクに乗る女性、後藤を主人公にしました。そこいらの男性よりもタフで、へらっと笑いながら強敵に挑む。そんなお話になるのではと思います。該当するジャンルはハードボイルドコメディと考えておりますが、お読みいただいた後にその通りかどうかご評価いただければと。

さて、作中では都内および都内近郊を書いておりますが、私の住まいは埼玉の端っこ、周りに山しかない場所です。あ、言いすぎました。ゴルフ場もあります。なんて威張れるほどではありませんね。

そんな場所ですのでコンビニに歩いていくような無謀なことはできません。娯楽の乏しさは言うまでもないのですが、逆に言うとお金のかからない娯楽を楽しむにはとても良い場所です。

昼も夜も静かなので、お絵かき、ゲーム作り、モデリングや執筆と、何かをせっせとこしらえるのに向いています。思い返すと学生の頃から何かを作り続けていたのは、この環境のお陰かもしれません。面白いことをしたいけど何もない。じゃあ作ろうと思うようになった、のかな。多分ですけれど。

書籍は長い友達です。図書館に通い、活字を読み漁っては夢想をしていました。もしかしなくても生涯を共にする娯楽だと思います。

この度の書籍化というご縁をいただいたＰＡＳＨ！様には深く感謝をしております。担当の山口様には多々お手数をおかけし、またアドバイスしていただいてありがとうございます。

現代ファンタジーという難しいジャンルにも関わらず、バシッと格好良いイラストを描いて下さった巌本先生にたくさんの感謝をしております。描いていただくのは先生しかいないと思い、希望を出させていただいて本当に良かったです。

またコミカライズを引き受けていただいたＡＲＡＴＡ様、今夏に連載開始予定とのことでとても楽しみにしております。

たくさんの励ましの言葉をくれた家内には、ケーキと共に感謝の言葉を捧げるつもりです。ぜひ期待してください。

関わっていただいた全ての方に感謝をしつつ、東京サバイブの続きを書かせていただきます。

それではまた次巻でお会いいたしましょう。

二〇一九年六月吉日　まきしま鈴木

この本を読んでのご意見・ご感想・ファンレターをお待ちしております。
〈宛先〉 〒104-8357 東京都中央区京橋 3-5-7
(株) 主婦と生活社 PASH！編集部
「まきしま鈴木」係
※本書は「小説家になろう」(http://syosetu.com) に掲載されていたものを、改稿のうえ書籍化したものです。

PB
PASH! ブックス

# 気ままに東京サバイブ。もしも日本が魔物だらけで、レベルアップとハクスラ要素があって、サバイバル生活まで楽しめたら。

2019年7月8日 1刷発行

著者 まきしま鈴木
編集人 春名 衛
発行人 倉次辰男
発行所 株式会社主婦と生活社
〒104-8357 東京都中央区京橋 3-5-7
03-3563-2180 (編集)
03-3563-5121 (販売)
03-3563-5125 (生産)
ホームページ http://www.shufu.co.jp
製版所 株式会社二葉企画
印刷所 太陽印刷工業株式会社
製本所 共同製本株式会社
イラスト 巖本英利
デザイン 浜崎正隆 (浜デ)
編集 山口純平

 ISBN978-4-391-15352-1